女子寮の管理人をすることになった俺、
住んでる女子のレベルがとにかく高すぎる件。
こんなの馴染めるわけがない。

IT'S A WONDERFUL LIFE
IN A WOMEN'S
DORMITORY.

「ひより、蒼太さんがお仕事サボっているところ一回も見たことないですよ！」
「広瀬さんって仕事熱心ですよね」
涼《すず》風《かぜ》琴《こと》葉《は》
23歳。どう見ても中学生にしか見えないが、立派なオトナ
篠《しの》原《はら》ひより
元気いっぱいな女子高生。管理人になった蒼太《そうた》に懐いている

「美麗、わたしから広瀬さんのことについて話したいことがあるのだけれど」
「な、なに？ 仲良くしろとか言われても無理なんだけど……」
綾《あや》瀬《せ》小《こ》雪《ゆき》
女子寮最年長で
みんなのまとめ役。
ただお酒が入ると……？
朝《あさ》比《ひ》奈《な》美《み》麗《れい》
男嫌いの女子高生。
根はやさしいが管理人の蒼太を
中々認めてくれない

「うぅ、痛たたたたぁ〜……」

女子寮の管理人をすることになった俺、住んでる女子のレベルがとにかく高すぎる件。こんなの馴染めるわけがない。

夏乃実

ファンタジア文庫

3130

口絵・本文イラスト　鏡乃もちこ

女子寮の管理人をすることになった俺、
住んでる女子のレベルがとにかく高すぎる件。
こんなの馴染めるわけがない。

目次

プロローグ　5
第一章　元気いっぱいのJK入居者　9
幕間　ひよりの内心　31
第二章　入居者との出会い　35
第三章　日常とそれぞれの時間　82
第四章　休日の出来事　121
第五章　女子会とそれから　144
第六章　ひよりの違和感　176
第七章　甘えるひより　212
エピローグ　248
あとがき　253

プロローグ

——何十年前の記憶だろうか。

「ねっ、そーたくんは知ってる？　いつかまた、ぜったいにわたしたちが会うことができる方法！」

白く小さな歯を見せた少女は、少年に向かって笑顔で問いかける。

「ぜったいに？　そんな方法があるの？」

「ん！　それはね……、ぷろぽーずっていうの」

「ぷ、ぷろぽーず？」

「そう！」

カラスの鳴き声が響き渡る夕暮れの時間帯。

オレンジ色に染まった寮を背景に首を傾《かし》げる少年。

これはとぼけているわけでもなく、『プロポーズ』がどういったものなのかわからない年頃だったのだ。

「ぷろぽーずっていうのはね、えっと……、その、こうするの……」

「っ⁉」

その一方で少女は違う。細い腕を伸ばし、少年の手を両手で包み込んだ。

途端、空気が変わった。ごっくんと唾を飲み込んで顔を真っ赤にする。そして、いきなりのことに驚く少年。

二人は無言になる。それでもまるっこい瞳を向け続ける少女は口をゆっくりと開いて、伝えるのだ。

「わ、わたしは……、そーたくんのおよめさんになりたいです……。あなたの、およめさんになりたいです」

一度は小さめな声。二度目ははっきりと聞こえる堂々とした声で。

「こ、こんな感じだよ……？　ぷろぽーずは、およめさんにしてもらうための言葉なの」

「そ、そうなんだ」

およめさんがどういったものなのか、両親のいる少年はそこでなんとなく理解できていた。だからこそ続けてこう言えるのだ。

「じゃあそれは大切な人にいわないとだよ？　れんしゅうでしちゃだめ」

「それくらい、知ってるもん……」

「えっ？」

「わたしは大切……、だよ？　そーたくんのこと、すきだよ」

それは、この少女と関わって初めて言われた言葉。時が止まったように手は離れない。

ずっと繋《つな》がれたまま上目遣いで想《おも》いを伝えられる。

「そ、そーたくんはわたしのこと……、すき？」

「ぼく!?」

「……うん。わたしは本気。だって、今日でそーたくんとはお別れだもん。だから……いうの……」

『ぜったいに会うことができる方法』はこれ。

少女は両親から魔法の言葉を教えてもらっていた。それが会えなくなったとしてもずっと繋がっていられる——プロポーズを。

「……」

少年は思わず口を閉ざす。それは返事にためらっているわけではなく、当たり前に初めての経験だったから。すぐに状況を整理することはできなかった。

そのまま数十秒が過ぎ、少年は思いのままのアクションを起こす。

「……ぼくも、う、うん。すきだよ」

「ほんと⁉」

「うん。ずっとぼくと遊んでくれて……。すごくたのしかったから」

「っっ、やった！」

　返事を聞いた瞬間、ぱぁっと明るい笑みを浮かべる少女。二人はまだ幼いのだ。幼いからこそプロポーズを軽い意味で捉えている。

「じゃあ、やくそくだよ？　そーたくんのおよめさんはわたし……だよ？　わたし、いつかぜったいに帰ってくるから」

「わかった」

「ありがとう……。そーたくん」

「ぁ」

　少年は目を大きくして息を止めた。ちゅ、と、頬に柔らかい感触が伝わったことで。

「わたし……、そーたくんからもらったあのプレゼント大切にするからね！　帰ってきた時にプレゼントもってくるから、ぜったいわすれないでねっ！」

　次に目を合わせた時、少女の顔は真っ赤になっていた。くりくりとした瞳は別れを惜しむように涙で潤んでいた――。

第一章　元気いっぱいのＪＫ入居者

「──ねえ、蒼太《そうた》聞いてる？　今明らかにぼーっとしてたけど」

「ッ！　ご、ごめん……」

ぼーっと昔のことを思い出していたところ、俺こと広瀬《ひろせ》蒼太は母さんからツッコミを入れられ我に返った。

「はぁ。ちゃんと責任感はあるんでしょうね。今日から寮の管理人なんだよ？　それもおばあちゃんの持ち寮なんだからしっかりしてちょうだいよ」

「う、うん。わかってる」

「じゃあ説明に戻るけど管理人の仕事内容についてはこんな感じだから。ある程度は理解できた？」

「母さんがプリントにまとめてくれたおかげでなんとか。ラミネートもされてるから助かるよ。ありがとう」

母さんから業務内容を聞いている場所は、一階廊下の右に設置された管理人室の中。

共同スペースのリビングで入居者間のトラブルが発生した時、一番早く駆けつけられる場所にもなっている。

「そこはおばあちゃんが急に入院して、無理に蒼太に頼む形になっちゃったから当たり前よ。ただ、仕事を引き受けてくれたからには、それを言い訳にしないこと。もし入居者さんに対して不祥事を起こした時には……」

「そんなに釘《くぎ》を刺さなくても大丈夫。ちゃんと理解してるから」

言葉通り、この寮は祖母が管理している寮だが、持病の悪化により入院してしまった。今回は入院期間の穴を埋めるために俺が呼ばれたのだ。

「それにしても管理人の仕事って思った以上にあるんだね……。正直、もっと少ないものだと思ってたよ」

俺はラミネート加工された紙にもう一度目を通していく。そこに書かれている業務内容はパッと見では数えられないほど。

大きな業務と言えば入居者の出迎え。朝と夕の食事提供。食事の片付け。食品の買い出し。起床確認。衛生管理。消耗品の買い出し。郵便物、宅配便等の受け取り。共同スペースの掃除。etc.……。

「とりあえず朝が早いね。朝食のことを考えたら5時20分起きになりそうかな」

この寮の朝食提供は6時30分となっている。つまりこの時間までには料理を完成させておかなければならない。

「え？　いくらなんでもそれは早いでしょ。5時50分起きでも十分間に合うわよ。トースターでパンを焼いて、その間にハムとタマゴを焼く。後はお湯を沸かしておいてインスタントのコーンスープでもあれば形にはなるって。あとはカット野菜をつけておくとか」

「確かにそのメニューなら時短で作れるけど……、朝には弱いから念には念を入れときたくて。調味料を間違えたりしたらシャレにならないし」

管理人は家族からお願いされた仕事。責任感や使命感は人一倍にある。

もっと言えば、おばあちゃんに釣り合うような仕事をしなければ入居者は不満を抱く。防げるミスは防ぎたかった。

「本当にお願いだからコントみたいなミスはしないでよ？　みんな我慢して食べてくれるくらい優しい入居者さんなんだから」

「そ、そんなに!?　それじゃあなおさら早起きはすることにするよ」

「それがいいね。ただブラック企業を三年も耐え抜いた蒼太ならこの仕事くらい余裕でしょ？　問題にならない程度でゆっくりできるところはしなさいな」

労《ねぎら》いの言葉は心に染《し》みるが、厳しい現実は変わらない。

「余裕ができるまで何ヶ月かかるんだか」

「それをどうにかするのが蒼太の仕事でしょ。工夫をこらさなきゃ余裕はできないし効率的に動くこともできないわよ」

「た、確かに」

正論だった。

「まあ、わからないことがあれば、あたしか早く帰ってくるひよりちゃんに聞くこと」

「あのさ？　そのひよりちゃんって子はどんな性格なの？　やっぱり最初にある程度知ってた方が接しやすくはあって」

「そう言えば説明してなかったわね。簡単にだけど、明るくて元気で一生懸命で責任感も強くて、寮の中だと一番フランクな子かしら」

「お、それはいい子そうだね」

「いい子だよ、本当。今日から蒼太のことお願いねってメール送ったら『了解です！』って返してくれたし、ちゃんとサポートしてくれるはずよ。……ひよりちゃんが可愛《かわい》いからってあんたが変なことを考えなければだけど」

「さすがにそんなことは考えないって」

責めるような目を向けてくる。

そんなに可愛いの？　なんて少し興味は湧くものの、変なことを考える余裕はない。

「母さん、その他の入居者さんについても教えてもらっていい？」

「それは嫌よ。名簿はあるから名前だけでも頭に入れておきなさい」

「ええ……」

「意地悪してるわけじゃないわよ。最初に帰ってくるひよりちゃんに聞きなさいってこと。話のネタになることを自分で潰したら歩み寄るキッカケがなくなるでしょ」

「そっか……」

「あたしから言えるのは一つ。ひよりちゃんを味方につけておけば蒼太が働きやすい環境を作ってくれるってこと。とにかく嫌われるような行動は取らないこと」

母さんがこんなことを言うなんて珍しい。

この寮に馴染《なじ》むためのキーになる人物であることは間違いないのだろう……。

「それじゃ寮の説明も終わったし、あたしはそろそろ帰るよ。もうすぐ15時だし」

「えっ、もう帰るの？　なんか早くない？」

「あたしだって忙しいのよ。一応、消耗品と食材の補充は昨日のうちにしておいたから、今から蒼太がする仕事は掃除と夕食の準備よ。しっかりしなさいね」

「……うん。ありがとう。夕食は俺を含めた数、五人分を作ればいいんだよね？」

「いや、今日は四人分でいいそうよ。ひよりちゃんと同じ高校に通ってる美麗《みれい》ちゃんって子が予定あるらしくて、外で済ませてくるそうだから」

「俺の初出勤日に予定かぁ……」

こんなことを聞かされるとどうしても変なことを想像してしまう。

避けられているのかな……。なんて。

「会話する機会がなくなるわけだから残念ではあるわよね。夕食時とか」

「でも、割り切ることにするよ。予定が入ったのは仕方ないもんね」

「それが一番よ。っと、それじゃあさっき言った通り、あたしは帰るから」

「わかった。見送りするよ」

「んー？　見送りなんて必要ない必要ない。そんなことするくらいなら仕事をする時間に充《あ》てなさい」

「それはそうなんだけど、見送りくらいは……」

「あたしの指示が聞けないの？　初日なんだから仕事を優先しなさい。わかったわね？」

「……はい」

この調子だと見送りされる気はないのだろう。俺を仕事に慣れさせるために指示をしている。この立ち回りをされたら首を縦に振るしかない。

「そんな返事じゃ安心できないんだけど？　もっと声大きく！」

「は、はい！　頑張ります！」

「よーし、合格‼」

そこで母さんは腕を大きく上げたかと思えば——、

「気合い！」

「痛ったァ⁉」

「いい音鳴ったね」

『バチンッ！』と綺麗《きれい》な打音を響かせた母さんは、何事もなかったかのように管理人室のドアを開けて玄関まで堂々と歩いていったのだ。

「もう……」

後ろを振り向かないのは、『あとは任せたよ』なんて気持ちの表れだろう。何十年も関わっているからこそ簡単に理解できる。

気持ちを汲《く》み取った俺は引き止めることをしない。

痛みを和らげるように尻をさすりながら仕事内容が書かれたラミネート紙に視線を向ける。

玄関に向かう足音。そこから女子寮を出ていくドアの開閉音を聞くと静かな空間に包まれた。

そんな中、仕事内容や時間の配分をしっかり整理した俺は思わずこんな感想を漏らしてしまう。

「……懐《なつ》かしいな、本当」

昔と変わらない内装と空間を再度実感して。

「まさか数十年ぶりにここに戻ってくるなんてなぁ。あの子、元気にしてるといいけど」

時が経《た》ったとは言え、この場に戻ってきたからこそ強く思い出してしまう。

プロポーズを交わした少女のこと。

その少女が怒る時、ムッとほっぺを膨らませていたことから呼んでいた『むうちゃん』のことを。

「——って、ぼーっとしてる暇はないか。早く仕事をしないと……」

少々締まりのない感じにはなってしまったが、気合いを入れ直して母さんの指示通りに掃除用具を取りにいく。

掃除箇所は個室以外の寮全体。室内なら玄関に廊下にリビングにトイレ。室外なら玄関外とウッドデッキ。

掃除は広い所から取り組むように、とのアドバイスがラミネート紙に書かれていた。

現在の時刻15時。

夕食の作り始めを考えたら90分ほどしか掃除時間を取ることができない。すぐに広間と言えるリビングに移動する。

これは余談だが、仕事ぶりをアピールできなければ、入居者が母さんに連絡するようになっているらしい。不甲斐《ふがい》ない報告をされるわけにもいかない。

状況的にも危機感しかなく普段以上の集中力を発揮していた。

そのおかげか、床の汚れを真剣に拭き取っていた俺は入居者の帰宅に気づけていなかった。

そろーりそろーりと、すり足で距離を縮めた人物は、俺の背後を取ると、作業光景を凝視していたのだ。

「……」

キュッキュッ。とまた一つの汚れを拭き取った時、この声を聞く。

「わぁ……。こんなに汚れ消えちゃうんですね」

「うん、凄《すご》いでしょ？　お湯と洗剤ってかなり効果あるんだよ」

「じゃあこっちの汚れもいけちゃいそうです……？」

「いけると思うよ。見ててね」

「はいっ！」

俺の視界に映る汚れの方向をさした、細い人差し指。

「……え？」

その汚れに洗剤を吹きかけた矢先、確かな違和感を覚える。

今、話しかけられなかった？　……と。いや、間違いなく会話をした、と。

そして、さっきの指はなんだったのだ、と。俺は動かしていた手を止め、ゆっくりと首を回せば――視界に映る。白のニーハイソックスに包まれた両脚。

「ん……？」

頭にハテナを浮かべながら視線を上げていけば、チェック柄のスカートに紺のブレザーが見え、次にウェーブのかかった栗《くり》色のショートカットが目に入る。

その最後、俺を見下ろすはちみつ色の瞳と視線が絡《から》み合った瞬間だった。

「どうも！　初めましてですっ‼」

「う、うぉおおッ⁉」

明るく大きな挨拶とキレのある敬礼。年甲斐《としがい》もなく声を震え上がらせてしまう俺は後ろに退《しさ》った。

目の前にいきなり制服姿の女の子が現れたのだ。それも見知らぬ女の子が驚かすような真似《まね》をして。

「あっ、大丈夫ですか⁉　驚かせてしまってすみませんっ！　えっと、お仕事に集中されていたのでお邪魔しないようにと思ったんです……！」

あわあわと両手を動かして弁明をする女の子に悪気はなかったのだろう。パニックからじわじわと冷静になり、ようやく頭が回転する。

「あの……。間違ってたらすみません。もしかして入居者のひよりさんですかね？」

「っ！　そうです。篠原《しのはら》ひよりです！　お兄さんが新しい管理人さんの、蒼大《そうだい》さんですよね！　お母さんの方から事情は聞いてます！　今日からよろしくお願いしますっ」

満面の笑みで挨拶をしてくれる。俺とて元気の良い挨拶を返したいのだが、困ることが発生する。開幕早々、『そうだい』と盛大に名前を間違えられたのだから。

恐らく、母さんとメールでやり取りをした際、蒼太の『〻』を見逃してしまったのだろう。

一瞬、スルーすることも考えたが、誤解されたままでいれば他の入居者にも伝染する可能性がある。早めに伝えておいた方がいいと結論を出した。

「……こちらこそお願いします。広瀬蒼太《そうた》です」

「あっ⁉」

しれっと名前を訂正するが、俺の自己紹介で気づいたようだ。ハッと息を呑《の》んだ彼女は、はちみつ色の瞳をまあるくして口まで同じ形にさせる。

そんな反応のすぐあとだった。

「そ、蒼太さんでしたか⁉　あわわぁっ、失礼を本当にすみませんっ……‼」

「いやいや、気にしないで大丈夫だよ」

ペコペコと頭を下げられ、平気だと片手を振る。

これだけ見てわかった。母さんの言っていた通り、明るく元気で責任感がある性格をしているのだと。

そして、初対面の相手にも拘《かかわ》らず会話を引っ張っていこうとしているその姿はなんとも頼りに感じた。年下相手なのに、だ。

「俺の方こそすみません。掃除に夢中で出迎えができず……。管理人の仕事の一つだったのに」

「あ、それは気づかなくても仕方がないと思います……。実はひより、音が鳴らないようにゆっくり玄関のドアを開けまして……」

「えっ？　それまたどうして？」

「あの……、お話をする前に蒼太さんがどのような方か見ておきたくて、ですね。えへへ」

人差し指で柔らかそうな頬を掻《か》く彼女は、どこか落ち着きのない視線を送ってくる。それは言いにくいことなのか、察してほしいかのように。

「ん？　あー……、なるほど」

ひより視点で考えてみて理解した。

俺の素性はわかっているとは言え、彼女からすれば初対面の男と二人きりの空間に入ることになる。なにをされても抵抗できないような環境があるとしたら、警戒するのは当たり前。言いにくくもあるだろう。

「えっと、それでどうかな。ひよりさんから見た自分の印象は」

「っ、すごく優しそうな方で安心しました！　あの、お外におっきなバイクが停《と》まっていたので、もしかしたら怖い方なのかなと思ってしまってですね……！」

「あぁ、あはは。それは確かに誤解してもおかしくないね。でも、乗ってる人はこんな感じの人だから」

俺が乗っているバイクは大型。さらにはカスタムも施している。ドライブをしていれば別のライダーから感嘆の声をかけられるくらいには見た目もこだわっている。

俺へのイメージの最初の判断要素がバイクなら、警戒させてしまうのも納得だ。

「ということでひよりさん。これからよろしくね」

一区切りついたところで改めて挨拶をする。ひよりの明るい人柄もあってか、『フランクな子』と母さんが言っていたのは間違いではなかった。

「もちろんですっ。それでなんですけど、ひよりのことは『ひより』と呼んでください。蒼太さんは年上だとも聞いてますので！」

「……ありがとう。それじゃあお言葉に甘えてそう呼ばせてもらおうかな」

「えへへ、お願いしますっ！」

年上とは言え、いつの間にか素《す》の口調で話していたことは俺自身ビックリだった。

明るく、親しみやすいひよりが相手でなければこうなることはなかっただろう。

「それでですね、蒼太さん。ひよりになにか手伝えることはないですか？」

「手伝う？」

「例えば今しているお掃除とか、寮の中の案内とかです！　初めての場所だと思うので困っていることも多いのかなと思いまして……。どうですか？」

嫌な顔をしながらではなく、逆にキラキラとした笑顔で申し出をしてくる彼女。人懐《ひとなつ》っこさもあり、高校生にしては珍しいくらいに頼り甲斐《がい》を感じる。

『ひよりちゃんを味方につけておけば蒼太が働きやすい環境を作ってくれる』

母さんから教えてもらった通りのことが連続し、思わず笑いが出てしまう。

「ひ、ひより変なこと言っちゃいました……？」

「あ、ごめん。なんでもないよ」

表情が少し崩れた俺を見て心配そうに声をかけてくる。余計な心配をさせてしまって申し訳ない気持ちだ。

「それならよかったです！……それで、どうでしょうか？」

「んー、そうだね。せっかくの申し出だから甘えさせてもらおうかな」

「はいっ！　どんとこいです」

「ひよりにはフロアワイパーとお掃除シートで床を拭いてもらってもいい？　一緒にリビングを掃除しながらもっと話せたらって思ってて」

「いいアイデアですね！　ひよりも賛成です」

「あはは、ありがとう」

手伝ってもらうだけでなく、『いいアイデア』とまで言われる機会はそうそうないだろう。

新しい環境で誰も味方も知り合いもいない分、時間があればコミュニケーションを取ろうとしてくれる姿勢が嬉《うれ》しかった。

「制服は着替えなくて大丈夫なの？　掃除する時にもしかしたらシワになっちゃうかもだけど」

「掃除くらいなら平気ですよ。あ、でもお掃除シートで床が湿るので靴下は脱いだ方がいいかもですね……」

「だね。そっちの方がいいと思……ッ!?」

「おいしょ、んしょ……」

同意した途端だった。彼女は躊躇《ためら》うことなく片方のふとももに両手を伸ばし、白のニーハイソックスをゆっくりと下ろし始めたのだ。

「ちょ……」

女子同士で住んでいる環境が続いているからか、彼女はこの行動を当たり前だと思っているようで手を止めることはない。

脱ぐことに意識が集中しているのか、引き止める俺の声すら聞こえていないようだった。

「いや……、その」

驚きから情報整理が追いつかず、目が逸《そ》らせない。

傷のないふとももから華奢《きゃしゃ》な足首、ピンクの爪をした素足……。と、片足のソックスを脱ぎ終わる。

ソックスを脱ぐというのは普通のことだが……、初対面の男がいる前ですることではない。

そうして彼女がもう片方のソックスに手をかけた時、俺はようやく我に返る。

すぐに視線を逸らし、意識を変えるように拭き掃除を再開させた。

彼女からすれば日常を今に起こしただけ。こうしたことは管理人として俺も気をつけなければならない……。

「んー、おいしょっと。それでは蒼太さん！　ひよりは洗濯機に靴下を入れて、そのあとにフロア用のワイパーとお掃除シートを持って戻ってきます！」

「う、うん。お願いね」

これから先の行動を丁寧に教えてくれる彼女と再び顔を合わせる。

脱いだソックスは畳まれ、白い肌をした両脚が目に見える状態だった。

「他にもなにか手伝ってほしいことがありましたら、是非教えてくださいね」

「わかった。本当にありがとう」

「いえいえ！　では、すぐに準備してきますねっ」

「あっ！　走らずゆっくりでいい——」

明るく元気で責任感が強い。悪く言えばどこかおっちょこちょいそうな彼女にどことなく嫌な予感がした……。

そして、残念ながら当たっていた。

「――うわわっ⁉」

「なっ⁉」

俺が目撃したのは彼女が自身の右足に左足を引っかけ、手に持っていたソックスを宙に浮かせて前のめりになった体勢。

ひよりを救おうと手を伸ばすも、空を切った。

ドダンッ、とひよりが勢いよく床に転《こ》け、鈍い音がリビングに響き渡る……。

「うう、痛たたたたぁ～……」

弱々しく、消え入りそうに悶《もだ》えている。

それでも受け身は取ったのか、少し余裕があるように両手をバタバタさせていた。

「ちょ、大丈夫……って⁉」

心配からすぐに駆け寄った。が、その行動を取ってしまったがために俺は見てしまう。

転けたばかりにスカートが捲《まく》れ、露《あら》わになった真っ白い下着を……。

自然な行動をした結果、あってはならない方向に進んでしまったのだ。

楽に起き上がらせるために手を差し出すべきか、慮《おもんぱか》って見て見ぬフリをするべきか。

どちらをとっても正解であり、不正解でもある道。

その迷いが判断を遅らせる。

「あっ」

と、俺の耳に聞こえた一言。

彼女には違和感があったのだろう、利《き》き手をお尻に当ててスカートにパンパンと手を当てると、今の状況を悟ったようにビクッとさせた。

次に手首を使ってスカートの捲《めく》れを直し、ゆっくりと振り向いてくる。

「……」

「……」

目が合う。そのまま無言で顔を合わせ続けること3秒。

スカートを押さえながらゆっくりと立ち上がった彼女。

あの純粋無垢《じゅんすいむく》な笑顔はどこへ飛んでいったのだろうか、恐ろしいほどの真顔を向けてくる。

「え、えっと、ひより……。あの、俺はなにも見てないから」

どうしようもない状況。彼女を傷つけないようにしたかった俺だったが、どうしても苦しい言い分しか残すことができなかった。

見てはいけないものを見てしまった事実。反省の面持ちで彼女と対面を続けていた時だった。

「あの、ひよりは大丈夫ですっ。おしりは見えてないので！」

「……え？」

突然と表情が切り替わった。

パンツを見られるのは平気と言わんばかりの返しをして、平気そうに苦笑いを浮かべたのだ。

「むしろすみません！　お見苦しいところ見せちゃって……。こんなことならもっと可愛《かわい》いのを着けてたらよかったですね、えへへ……」

「い、いや……」

下着を見られたことを理解している彼女だが、まさかの返しをしてきただけでなく恥ずかしさすら感じていない様子に驚く他ない。

……もっと言えば一刻も早く話を変えたかった。

「そ、それより怪我《けが》はない？　大丈夫……？」

「大丈夫です。受け身というんですかね？　それが勝手にできちゃうみたいで！」

「そ、そうなんだ……。一応、湿布とか冷蔵庫にあるから痛んだら教えてね」

「ありがとうございます。それではひよりはいきますね。早く掃除しないと時間もったいないので！」

「う、うん……」

転んだ拍子に床に落ちたソックスを「おいしょ」っと拾い上げた彼女は、先ほどの反省を生かしたように歩いてリビングから廊下に向かっていく。

その背中が見えなくなるまで見送ると、俺は無意識に安堵《あんど》の息が漏れた。

「はぁ……」

とりあえず下着を見てしまったことに悪気はなかったこと、事故であることを理解してはくれたようだが——。

「これ、ひよりが相手じゃなかったら、この寮を追い出されてたかもな……」

トラブルに発展してもおかしくない事件だったが、こうも簡単に解決したのは彼女だからに違いない。

恥ずかしそうにしなかったのも、態度が一切変わらなかったのも、すぐに状況を整理してくれたのも稀《まれ》なこと。

次、こんなことが起きないように今一度気を引き締める俺だった……。

幕間　ひよりの内心

「あぅ……、下着見られちゃったぁ……」

二階の自室に入ったわたしは、制服のままベッドにダイブした。

胸が潰れちゃって苦しくなるけど、我慢するようにバタバタと脚を動して恥ずかしさを堪えていました。

顔はどんどんと熱くなっていく。さっきのことを思い出してしまう。

「まさかこんなことになるなんて……。穴があったら入りたいぃ……」

お部屋にある姿見《すがたみ》に映っているのは、感覚通りに真っ赤になった顔。

こ、こうなるのは普通……。

だって男の人に下着を見られたことなんて一回もなかったんだもん……。

それに、わたしは女子高校に通っていることもあるから……男の人と話すのはやっぱり緊張しちゃう。

「蒼太《そうた》さん、ひよりのこと変に思ったりしてないかな。わざと見せたとか勘違いはしてないよね!?」

　これぱっかりはどう思われるのかわからない。

　蒼太さんとは初めて会ったから、こんな勘違いをしている可能性だって……。でも、あれはほんとに転けただけ！　事故……！

　も、もし誤解をしてたらどうやって弁解しよう……。

　説明するとなると下着のお話をすることになるから、絶対にしたくない……。

　気まずい空気にならないように頑張って緊張を隠してたのに、まさかこんなことになるなんて。

「ん！　でも引きずっちゃだめだよね。ひよりらしくないっ！　切り替え切り替え……。一番大変なのは絶対蒼太さんだから……」

　これは間違いない。初めての環境はほんとに大変だから。男性は一人だけだから肩身も狭いはず。

　しっかり助けてあげないと！

　そうして気持ちを切り替えた時、どこか安心した気持ちがわたしにはあった。

「ふふ」

　蒼太さんは優しい人だった。

誰にも見られてないのにお仕事を一生懸命しててすごいなって思ったから。それに――、

「お話しするのも楽しかったな……」

ベッドの上に置いた大切なぬいぐるみを抱き寄せて呟《つぶや》く……。

正直、最初は少しだけお話をして距離を取るつもりだった。自己紹介とか、そのくらいで……。

もちろん蒼太さんが嫌いとかそんなわけじゃなくって、その人に慣れるために。男の人と関わることも少ないからゆっくり距離を詰めようかなって思ってた。

他の入居者が帰ってきたら、その輪に交じっていけたらなって。

でも、そう考えていたのにわたしは別の行動を取っていた。

助けるために手伝うのは当たり前だけど、わたしの場合はもっとお話しするために手伝おうとしたり……。

「話しやすかったのは蒼太さんが女の子に慣れているからなのかな……？」

可能性としては十分。ううん、それくらいしか考えられない。

まず、あんなにかっこいいバイクに乗ってます。ライダーさんはモテるとよく聞きます。

さらには人柄もよかったです。

表情がコロコロ変わるから接しやすくて、わたしが転けたところをすぐに助けようとし

てくれたり、そんなところとか、少しかっこいいなって……。

こ、これは内緒！　男の人に伝えるのはほんとに恥ずかしいから。

「って、忘れてた！　早く掃除にいかないと……！」

考えていたことは保留。ううん、今は忘れることにする。

もう気にしないように努めることが大事！

気にしちゃったら上手にお話しができなくなるから。言葉が出てこなくなると思うから。

「お、男の人についてこんなに考えたこと、久しぶりかも……」

昔、プレゼントされたぬいぐるみに語りかけて元の位置に戻す。

「蒼太さん、かぁ……。少し懐《なつ》かしい気がするのはなんでだろう……」

お部屋から出た後も、このことが頭の中にずっと残っていた。

第二章　入居者との出会い

「手伝ってくれてありがとね、助かったよ」

「いえいえ！　みんなが使うリビングでもあるので気にしないでくださいっ」

リビングの掃除が終わり、落ち着く時間ができた16時50分。彼女はもこもこしたピンクの部屋着に着替えていた。

ソファーの背もたれに手をかけ、顔をこちらに出して俺と会話をしていた。

驚きなのは下着の件を引きずっていないこと。

見られても恥ずかしくない性格をしているのだろうか……。年齢的に考えてもそれはそれで心配になる。

「……あ、ひより。一つ聞きたいことがあるんだけど」

「はいっ!?　なんですか？」

「夕食、なにか食べたいものとかある？　買い溜《だ》めしてあるからある程度は用意できるけど」

リクエストを叶《かな》えて、先ほどのお詫《わ》びをこっそりすることにする。

「えっ、リクエストしたお料理を作ってくれるんですか!?」

「豪華な料理は作れないけど、今日はいろいろ手伝ってもらったから」

「あ、ありがとうございますっ！　ほ、ほんとになんでもいいんですか？」

「魚系は材料がないから申し訳ないけど、それ以外の家庭料理なら作れると思う」

「んー、ではパスタが食べたいですっ！　チーズたっぷりのカルボナーラを希望です」

「おっ、いいね。了解」

「ほんとに用意できるんですね!?」

「あはは、美味《おい》しいかどうかは別問題だけどね。ひよりはどのくらいパスタ食べるの？」

「三束ですね！」

「……え？」

この申告に思わず目を丸くする。彼女のスタイルに着目してもう一度確認する。

「二束じゃなくて三束？　冗談じゃなくって？」

「はい！　四束食べちゃうとお腹《なか》がいっぱいになって苦しいので三束ですっ！」

「……そ、そうなんだ。じゃあ三束で用意するね」

「えへへ、ありがとうございますっ」

細い体型からしてそんなに食べられるようには思えないが、満面の笑みを見るに事実なのだろう。

なかなかに信じられないことだが、成人の俺と同じくらいの量を食べられるのだろう。

「他の入居者さんは一束と半分くらいで大丈夫だと思う？」

「ひより以外のみなさんは小食なのでそのくらいあれば十分だと思います」

「ありがとう。じゃあそのくらいで調整するね」

まだまだ要領が摑《つか》めない分、入居者が一人いるだけでも本当に仕事がやりやすい。わからないことがあればすぐに聞けるために本当にありがたいものだ。

頭の中で夕食のメニューを考える俺は、オープンキッチンの照明をつけて料理の準備を進めていく。

「あ、そうそう。ずっと聞こうと思ってたことがあるんだけど、今日はどうして早く帰れたの？　確か16時くらいには帰ってきてたような」

「今日は学校の行事？　みたいなのがあって14時くらいに終わったんです。普段はもっと遅くなります」

「そっか。じゃあ今日の俺はタイミングがよかったんだね」

「と、言いますと？」

頭上に大きなクエスチョンマークを浮かべる彼女は首を傾《かし》げている。

「今日じゃなかったら、今こうして会話することもなかったのかなって。正直、今日は緊張しっぱなしで。初めての職場でもあるから」

「すぐに慣れるので大丈夫ですよっ。ひよりも最初は緊張しましたから」

「あのさ、これは俺の予想なんだけど……、ひよりは俺のために早く帰ってきてくれたりする？　友達から遊びの誘いを断ってとか」

「っ⁉　ど、どどどうしてそう思うんですか⁉」

「あはは、やっぱりそうだったかぁ」

隠す気がないと言わんばかりのわかりやすい反応には、純粋さが表れている。

彼女と関わってわかるのだ。人から好かれる性格をしていると。学校ではたくさんの友達がいるのだろうと。

要点をまとめれば、学校が早く終わる日は友達から遊びに誘われると思ったのだ。

仮に誘われていたとして、断る理由など一つしか思い浮かばない。

「ありがとね。俺のことを優先してくれて」

「な、なんだか変な勘違いしてる気がしますよ……？」

「そう？　とりあえずありがとう」

「っ！　だ、だからなんのことですか‼」

「ははっ」

「もー……」

俺が笑ってすぐのこと。

「えへへ……」

彼女は釣られたように微笑《ほほえ》みを浮かべた。

バレてしまったと確信したのだろう、その恥ずかしさを隠す目的も含んでいそうで。

「蒼太《そうた》さん、他にひよりに手伝ってほしいこととかないですか？　料理以外のことなら手伝えますのでなんでも頼ってください！」

「いやいや、さっきあんなに手伝ってもらったばっかりだし、ひよりはソファーでゆっくりしてて」

「そうですか？」

「……あ、ごめん。その代わりと言ってはなんだけど、質問してもいい？」

「はい、もちろん！」

ここでも嫌な顔をすることなく愛想《あいそ》よく答えてくれる。それだけで気負うことなく質問できる。

「それじゃあ早速、ひより以外の入居者さんについて軽く紹介してほしくて。名簿を見て名前は覚えたんだけど、特徴とか全然わからなくて」

「わかりました！　それで誰からにしますか？」

「えっと……、まずは綾瀬《あやせ》小雪《こゆき》さんでお願いしようかな」

夕食を作りながら情報を提供してもらう。彼女と会話をすることもできる。

正しく一石二鳥だ。

「小雪さんはと言いますと、この寮で一番のお姉さんですっ！　みんなの意見をまとめてくれたり、お料理もできたり、依頼を受けてアクセサリーも作ったり、カフェの店員さんもしてたり。とっても美人さんなのでこの人だ！　って、すぐにわかると思います。あとは優しいです‼」

「ほお……」

かなり饒舌《じょうぜつ》になって教えてくれる。

「あとはすごく高そうなお車にも乗っていて、口調もお姉さんなのでそこでもわかると思います」

「ありがとう。大体想像できたよ」

ひよりの説明は大雑把ではあるも、しっかり特徴を捉えていそうだ。

「じゃあ次は朝比奈美麗《あさひなみれい》さんでお願い。この入居者さんだけ今日は外で食べてくるらしいから気になっててね」

「あ……。みーちゃんはですね……」

「ん？」

聞いた途端、なぜか視線を逸《そ》らした彼女。一瞬だけ険しい顔をしたのは気のせいじゃないだろう。

「みーちゃんはひよりと同じ高校三年生なんですけど……、周りをすごく見てて、気遣いもできて、もちろん優しいですっ！」

「うーん？」

多分、言っていることは本当なのだろう。

しかし、なにかを隠しているような、誤魔化しているような……。どこか様子が違う。

俺が感じたこの違和感は間違っていなかった。彼女は次にこう説明してくれたのだ。

「ただ……、一部の人には少し気が強くなると言いますか、蒼太さんにはちょっとツンツンしちゃうかもです」

「ツンツン？　攻撃性があるみたいな？」

「悪く例えるとそうですね……。でもですよ！　学校ではみんなから信頼されてて、友達も多くて、そのくらい慕われてます！」

「そっか。母さんからもみんな優しい人達だって聞いてるから実際にはそうなんだろうね。ちょっと恥ずかしがり屋さんみたいな感じかな？」

「で、です！」

聞き返したあとの返事、さらにはどこか硬い表情が引っかかる。優しいことに変わりはないが、癖のある性格をしているのかもしれない。

「じゃあ最後に涼風琴葉《すずかぜことは》さんで」

「あっ、琴葉さんはですね！　まず先に注意点がありまして——」

と、最後の紹介が始まろうとした矢先だった。

ガチャ、と玄関ドアが開く音がリビングに聞こえてくると、

「ただいま帰りました～」

ソプラノの澄んだような綺麗《きれい》な声色が、リビングにまで届いてきたのだ。

「誰か帰ってきたね。ちょっとお出迎えしてくるよ」

「あっ、蒼太さん待っ——」

「ん？」

なぜかストップをかけてくる彼女だが、入居者の出迎えは早急に行わなければならない。

キッチンの火を消した俺は、急いで玄関に向かっていく。

「——琴葉さんには気をつけないといけないことが……」

帰宅時の声で誰が帰ってきたのかわかったからこそのひよりの発言。しかし、俺が仕事を優先したせいで空振りの言葉にもなっていた。

＊　＊　＊

「ふふふ」

「あははっ」

「……」

リビングからこっそりと玄関を覗《のぞ》くわたしは、とんでもない現場を目にしてました。

「蒼太さん、すごい……」

初めて会った琴葉さんとすぐに打ち解けて話しているんです。これは普通のことじゃありません。どうしてあんな対応ができるの？　なんて素直に思います。

琴葉さんは成人した女性です。でも、ほんとに失礼を承知で、ちっちゃくて、童顔と言いますか……、中学生のような見た目をしているんです。

おでこに合わせて切られたぱっつんの綺麗な白髪《はくはつ》。わたしよりも大きくてまんまるの瞳。身長は『150センチ以上ある！』と、いつも言っていますが、実際はそんなに大きくないことがわかっています。

……そうです。琴葉さんは子どもに見られることを気にしているんです。会社の受付係をしているんですけど、その仕事場でも勘違いされることがあるそうです。

居酒屋で琴葉さんがお酒を頼めば、店員さんから必ず身分証明書の提示を要求されます。その他にも、年長の小雪さんも出会った時は子ども扱いをされてしまったくらいで……。

だからこそ、大人だと見抜いて対応できている蒼太さんは凄いことをしているんです。

「管理人さんが優しそうな方で安心しました。実は緊張しながら帰宅しまして」

「自分も同じですよ。前に働いていた場所とは雰囲気も環境も違うので。それに話すことも苦手な方でして」

「またまたぁ。しっかり話せているじゃないですか」

「琴葉さんがリードしてくれているおかげですよ。自分の方が年上なのにすみません」

「ほわ？　そうなんですね」

「そうだと思いますよ」

「……」

あれ？　蒼太さんはどうして琴葉さんの年齢を知っているんでしょうか。

『思いますよ』ってことは予想です……？

「蒼太さんは以前から管理人をされていたんですか？　かなり慣れているような雰囲気がありますけど」

「いえ、実は初めてなんです……。仕事内容を教えてもらっているくらいですね」

「えっ、そうでしたか。なんだかとても落ち着きがあったので」

「あ、あはは。それはありがとうございます。あまり迷惑をかけないように頑張りますね」

「そんなことは気にしなくて大丈夫ですよ？　もしなにか困ったことがあれば教えてください。みんなでサポートしていきますから」

「本当に助かります」

「……」

うん！　あの様子ですとやっぱり蒼太さん気づいてそうですね。

琴葉さんが成人した女性であることに。

「それでは私はお風呂《ふろ》に入ってきますね。帰宅後はいつもこうなので」

「わかりました。お風呂上がる頃には夕食ができていると思うのでよろしければ」

「楽しみにしておきますね。なんだかんだで男性の手料理を食べることは初めてなので」

「あ、あんまり期待しないでくださいね？」

蒼太さんと琴葉さんはそうして会話を終わらせました。ひとまず順調に距離を縮められているようでわたしも安心です。

注意点のことは余計な心配でした。これならきっとすぐに仲良くなれそうですね！

＊　＊　＊　＊

「お風呂いただきました～」

それから約50分後。

お風呂でリラックスできたのか、語尾をほわ～っと伸ばしてリビングに入ってきた琴葉はゆったりしたバスローブチュニックを着ていた。パッツンとなった白髪はヘアドライタオルで丁寧に巻かれ、おでこを大きく出している。

口調は丁寧で落ち着きのある琴葉だが、ラフな姿であるばかりに玄関で出会った時よりもかなり幼く見えた。

高校生？　いや、中学生……？　実際の年齢はわからないが、この失礼な気持ちを悟られないように出来たての料理をお皿に盛っていた時。

「あっ、ひよりちゃん私も手伝うよ。えっと、私は取り皿を準備すればいいかな？」

「ありがとうございます！　お願いします」

フォークと箸をテーブルに並べ終え、次にコップを準備しているひよりを見てすぐに気遣いの声をかけた琴葉。

ひよりが準備を始める前、『それは俺の仕事だから一人でするよ？』なんて伝えた俺だが、『みんなで準備した方が楽じゃないですかっ！』と、すぐに手伝ってくれた。

琴葉も同じ気持ちなのか、当たり前と言わんばかりに手を貸してくれる。

お互いに助け合って生活しやすい環境を作っているのだろう。寮の雰囲気も、入居者同士が仲良くなるのは当然だった。

「蒼太さん、後ろを失礼しますね」

「ありがとう。手伝ってくれて」

「いえいえ」

キッチンの後ろには大きな食器棚が設置されている。

一声かけて棚の前に立った琴葉はガラス戸を開け、その様子を尻目に、俺は最後の盛りつけに入った。

コンソメスープを容器に注《つ》ぎ、その上からドライパセリを散らす。たったこれだけのことでも緑が加わったことにより、見た目も変わる。一応はこれで夕食の完成だった。

お盆の上に二つのスープを置き、鍋の蓋を閉めて一段落。

「ふう……」

仕事の集中を切るように息を吐き出した矢先だった。俺はこんな声を背後から聞くことになる。

「んっ、んんぬ……っ」

唸《うな》っているような、怒りを堪えているような、言葉で説明することは難しいが、明らかになにかがあると確信できる声。

振り返ってすぐ、俺は状況を理解した。

「ふぬっ……。ぬぬぅ……」

そこには器用につま先立ちをしながら、食器棚の上段に一生懸命手を伸ばしている琴葉がいたのだ。

視線はお皿一点。もう少しで手が届きそうだが届いていない、そんなもどかしさを感じる光景を作っていた。

「え……」

思わず呆気《あっけ》に取られる。

俺の中には取れないという考え自体なかったのだ。

恐らく150センチの身長があれば、絶対に届くだろう位置のお皿と……琴葉は戦っている。

「ん、あれ……？　いつもより奥に……。んぬっ」

真剣な表情で、ヘルプを求めるような声でハッとなる。

「――よっと、このお皿で合ってますかね？」

懸命に体を伸ばしている琴葉の背中から手を伸ばし、狙っていたと思われる平らな皿を二枚取って渡した。

お皿は割れ物だ。体勢を崩して落としてしまえば怪我《けが》をさせてしまう。

そんな懸念《けねん》から急いで助けに走った俺だったが、予期せぬことが起きる。

「……」

「え？」

なぜだろうか、渡そうとした直後から、真顔を向けられているのだ。

目に光がこもっていないような、無機質な顔を。

『なんでそんな簡単に取るんですか……？』なんて気持ちが伝わってくるのは気のせいだ

ろうか。

「ど、どうかしました？」

「こほんっ。い、いえ……。なんでもありません。ありがとうございます」

「どういたしまして」

お礼は言ってくれたものの、どこか悔しそうな表情が窺《うかが》える。

「蒼太さん、一つだけ教えてもらっていいですか？」

「なんでもどうぞ」

「蒼太さんの身長が気になります」

「えっと、身長ですか……？　どのくらいだったかな……。正確には覚えてないんですけど175センチはあると思います」

「っ⁉　わ、私と約30センチ、差……」

「え？」

小声すぎてなにを言ったのか聞こえない。ただ、口に手を当てて驚いている。

大きな赤色の瞳からは羨みの視線が向けられたような気もする。

「ま、まあ……、いいです。それより蒼太さんに一つだけ勘違いをしてほしくないことがあります」

「は、はい？」

「……私、いつもはちゃんとお皿を取れていますから気にしないでくださいね。今日は少し調子が悪かっただけです。いいですか？」

「……あ、あはは。了解しました」

『調子が悪かったですか？』なんてツッコミを入れたくなるが、少し膨れている顔は赤く色づいている。唇を噛《か》んで恥ずかしさに耐えている様子だった。

この姿を見れば、誰だって刺激することは控えるだろう。

もう一つ言えば、俺のために手伝ってくれた。頑張ってくれた。茶化していると誤解されるような真似《まね》はしない。

「っと、取り皿も取れたことなので夕食をどうぞ。温かいうちに」

話を変えるように促した。

「そうですね。そうします」

「はい」

「あ、あの……。それで私の口からは言いにくいことなんですけど、取り皿は二枚で大丈夫なんですか？」

「もっと必要でしたかね？　一応、ひよりと琴葉さんの分で二枚にしましたけど」

「いえ、そうではなくて……。蒼太さんは私達と一緒に食べないのかなと思いまして。この時間だとお腹空《なかす》いていると思いますし、ひよりちゃんもそうしたいと思っているはず……、だよね？」

琴葉がある方向を見れば、すぐに食いついた入居者が一人いた。

「蒼太さんも一緒に食べてくれるんですか⁉　ひよりの希望としてはみんなで食べたいですっ」

「お、俺も？」

仕事中だからか、誘うことを遠慮していたのだろう。輝きのある目をこちらに向けてくるひより。

その様子を見て予想通りというように琴葉は微笑《ほほえ》んでいた。

「ということらしいので蒼太さんもご一緒にどうですか？」

管理人の初日で入居者と食卓を囲む。こんなことを一切考えていなかった俺は呆《ほう》けてしまう。それでも状況を噛み砕き、整理できた。

断る理由なんてなにも見つからない。むしろこちらからお願いしたいくらいのこと。誘われるのはそれくらいに嬉《うれ》しいこと。

「あはは、それではお言葉に甘えて」

頭を掻《か》きながら答えれば入居者の二人は笑みを浮かべてくれる。この温かな雰囲気はなんとも居心地よく、さらに過ごしやすく感じた。


そんな実感を得て何分後のことだろうか。

「お、おおおぉぉ！　美味《おい》しそうですね！」

出来たての料理を間近で見て大袈裟《おおげさ》なリアクションを取っているひよりだが、これはリクエストされた料理が出てきたからでもあるだろう。

はちみつ色の瞳を見開きながらテーブルに吸い寄せられている。

夕食一つでここまで反応してもらえるのは作り手として嬉しいこと。

少し恥ずかしく思いながらも満更ではない表情を浮かべてしまう。

「やっぱり出来たてはいいですね！」

「ひよりはこのお皿だから。って、この量なら間違えることはなさそうだね」

「はいっ！」

彼女のパスタだけ三束分で作っている。

麺の量が違うだけあって見た目で簡単にわかる。

顔を合わせて壁のないやり取りをする俺達。そんな中、興味深そうにこちらを見ている琴葉がいた。

「あの、お二人はいつの間に仲良くなったんですか？　蒼太さんはひよりちゃんのことを呼び捨てで呼んでますし、私とは口調も違いますよね？」

引っかかりが強かったのか、少し言いにくそうな顔をしながらも、眉根を寄せながらおずおずと聞いてくる。

「あっ、それはひよりが呼び捨てで呼ぶようにお願いしたからなんです！」

「なるほどなるほど……。となると、私もそのようにお願いしたら呼び捨てで呼んでもらえたりします？」

「と、時と場合によりますね」

「ほうほう」

拗《す》ねた表情を上手に作ってこちらを見てきたかと思えば、なにか作戦があるのか肉づきの薄い唇を三日月形に変えた琴葉。

あからさまに含みのある顔で、なにかいいことを思いついたような様子だった。

距離を縮めてもらえるのはこちらとしても本当に嬉しいことだが、それをするに当たって一つ確かめなければならないことがある。

「……大変失礼なことを聞いてしまうんですが、琴葉さんは自分より年下で間違いなかったですよね？　ちなみに自分は23になります」

口調を崩すにはある程度の年齢を知りたいところ。

ひよりの時は母さんから高校生だとの連絡があっただけに素《す》の口調にすることに抵抗はなかった。

琴葉の身長や見た目から年下だとは断言できるが、これは一歩踏み出すために必要な質問。

返される言葉を予想しながら答えを待っていれば……、頭を揺さぶられるような返答を聞くことになる。

「あっ、それは凄い偶然ですね。私も同い年です」

パンと手を重ね、嬉しそうな返事。

「……ん？　お、同い年？」

「そうですよ。私も23歳です」

「え、え……？　それって……」

『冗談ですよね……？』なんて戸惑いの言葉が飛び出しそうになる。

それでもなんとか堪えることができたのは、見てしまったから。

『なにか気になることでもあるんですか？』なんて目だけ笑っていない顔で。

さらには小さな体からは想像できないような重い圧を感じて。

それでも、にわかに信じられる情報ではない……。

まあるく大きな目。鼻も口も小ぶりで童顔らしいふっくらとした頬。幼い特徴が全て表れたような容姿をしている。

それ以外にも、先ほどは『むむむっ』なんて可愛《かわい》らしい声をあげて一生懸命に手を伸ばしていたりした。

失礼を承知で、こんなことを本人には言えないが、大人の皮を被《かぶ》った子どもと言っていい……。

「蒼太さんが考えていることわかってますよ、私。とんでもなく失礼なことですね」

「あ、あはは……」

初対面且《か》つ、管理人の立場にあるため口調は丁寧にしていたものの、完全に年下と見て扱っていたのは事実。

それでも本人の言葉だけでは簡単に信じられない自分がいた。

『自分の方が年上なのに』

出会ってすぐ、こんなことを言ってしまったくらいなのだから……。

本当はどうなのかと判断するべく隣に座っているひよりに視線を送れば、同情したような苦笑いで首を縦に一回。

――肯定した。

「あー。ひよりちゃんにまで確認をして……。そんなに私が23歳だと思えないんですかねえ」

「あ、あの……。その……」

言えない。『思えなかったです』と素直に答えることは。

当然、失礼なことだとわかっているだけに。

「ちなみに運転免許証もありますのですぐに証明できますよ？」

こんなにも強気なところから同い年なのは間違いない。

すぐにでも誤魔化したいところだが、今までの対応からしても嘘《うそ》をつけばすぐにバレるだろう……。

「ちなみに、蒼太さんのお誕生月はいつでしょうか」

「……12月、ですね」

「そうですかそうですか。私は6月なんですよ。ふふっ」

「判決を言い渡します！　蒼太さん有罪です！」

口に手を当てて不敵に微笑む琴葉に横から飛んできたひよりの冷静な声。

今までで初めてだった。見た目に騙《だま》されてしまうなんて経験も、こんなにも年齢と見た目が離れた相手と関わることも、同い年の相手を中学生から高校生だと思って扱っていたことも……。

「あ、はは……」

「蒼太さぁん？」

顔の半分に影が差したような笑顔を向けられる。再び圧がかけられる。この時だけは年相応に感じた。

俺にできることはもう決まっている。これで許してもらうしかなかった。

「ご、ごめんなさい。琴葉さ……、琴葉。本当に……」

謝罪は丁寧に。次にそうしてほしいと言っていた呼び捨てに。

「ふふっ、はい。それで許しますね。いろいろと汲《く》み取っていただいてありがとうございます」

「う、うん。ごめんね。本当に」

「誰にでも間違いはありますから気にしてませんよ。……ただし、次に間違えた時は覚悟してくださいね？」

「ッ⁉」

お風呂《ふろ》上がりのほわわ~とした声が、この時だけドスが利《き》いていた。

……見た目を気にしているのはこの態度でわかった。

コンプレックスのようなところに触れてしまったのは間違いないが、寛容に許してくれた。本当に感謝しかない。

「では、みんなでご飯を食べましょうか。すぐに蒼太さんの席を準備しますね」

「ありがとう」

「わーい！　ご飯だー！」

俺は今日を境に決心した。

見た目に騙されてはいけない、と。


「では、いただきます」

「いただきます」

「いただきまーすっ！」

それから食事の挨拶をして食卓を三人で囲んでいた。

今日の夕ご飯はカルボナーラに、豆腐ステーキのしらすおろし、ツナサラダ、コンソメスープの四品だ。

「……あ、美味しい」

器に入ったコンソメスープを一口飲んだ琴葉は、りんご色の瞳をパチッと大きくして感想を漏らした。

「ひよりも食べますねっ」

と、琴葉に続くようにリクエストしたカルボナーラを口いっぱいに頬張った。

「ん！」

喉からその声を鳴らせば、足をバタバタさせて美味しいと伝えてくれる。

ひよりは大げさに、琴葉は控えめに。

二人とも違った反応はなんとも面白く、美味しそうに食べてくれている姿を見るのは嬉《うれ》しかった。

「蒼太さんこれ美味しいです……！　琴葉さんもパスタ食べてみてください！」

「ふふ、そんなに興奮するくらい？」

「はいっ！　それはもう！」

「そんなにハードル上げないでよ。感想聞くのが怖くなるから」

「美味しいので絶対に大丈夫ですっ！　保証します！」

「あ、あはは……。そう言ってくれるのは嬉しいけど……」

「んっ、ぁ、本当……。このパスタも美味《おい》しいですね。贔屓《ひいき》なしにお店で出てくるような味だと思います」

「ほっ。それならよかった」

正直なところ大なり小なり今日のメニューには自信があった。もしこの料理に酷評を受けていたなら明日の朝食作りに大きな影響を受けていただろう。

「夕食は女性向けの献立で作ってくださったんですね？　ありがとうございます」

「あっ、カルボナーラはひよりのリクエストだから、自然とそっちよりになったことはあるかな」

「あらー、ひよりちゃんは初日から蒼太さんに甘えちゃったの？」

「えへへ、ついつい甘えちゃいました！」

『なにか食べたいものとかある？』と先に質問したのは俺だが、その件を抜きにして同意したところは彼女らしいところ。

明るい笑顔で大きく頷《うなず》いている。

「蒼太さん、ひよりちゃんを甘やかすと手がつけられなくなるので注意してくださいね？それはもうかなりの甘えん坊さんなので」

「なっ‼　そんなことないですよっ⁉」

「なんか琴葉が言ってる方が信憑《しんぴょう》性が高いなぁ……。ひより動揺してたし」

「この前のことなんですけど、この寮で一番年上のユキちゃん、小雪さんに『抱っこしてください～』ってずっと甘えてたくらいなんですから」

「琴葉さん⁉　そ、そそそんなことないです！」

俺のことを考えて呼称から丁寧に名前に言い直した琴葉に、顔を赤くしているひより。

高校生で抱っこを要求していたなんて事実を異性に知られてしまえば、このようになっても不思議ではないだろう。

特にさっきは『なんでも手伝います！』とお姉さんらしいスタンスで手伝ってくれていたのだから。

「そ、蒼太さん……？」

もしかしたら聞かれていないかも……。そんな希望を持つようにこちらを見てくるひよりだが、残念ながら俺の耳には届いている。

「えっと、甘えん坊なんだね？　少し意外かも」

「っっ、も、もういいです。ひよりは甘えん坊ですよう……」

「あはは っ」

「ふふっ」

抵抗は一度きり。素直に認めた結果、一人の犠牲が出てしまったが、三人の仲を縮める話題にはなった。

その本人、拗《す》ねたように口を尖《とが》らせるひよりはフォークでカルボナーラを巻き、パクッと食べている。その光景もどこか面白いものだ。

「そう言えば美麗ちゃんはまだ帰ってきていないんですね……？　いつもは帰ってきている時間のような」

「みーちゃんならお友達とご飯を食べて帰ってくるそうです。もうそろそろだとは思うんですけど」

「んー、そっかぁ」

「やっぱり琴葉さんもそんな反応しちゃいますよね……」

「……」

なにやら二人で通じ合っている様子。こんな様子を目にしてしまえばいろいろな考えが働いてしまう。

「あのさ、やっぱりその美麗さんってなにか問題があるっていうか……。俺にとってちょっとマズい感じの人？」

一度美麗の話題を出した時、ひよりが変な反応をしたことを見逃したりはしていない。

さらには琴葉までも同じような反応をしたのだ。

どうしても気になってしまう。

入居者と管理人は必ず接することになる。必要な情報は少しでも得たいところ。

「優しいけどツンツンしてる、みたいにひよりからは教えてもらったんだけど、これは間違いないんだよね？」

「確かにそんな感じですけど、最初はそれ以上かもしれないですね……」

「それ以上？　ツンツンする以上のなにかがあるってこと？」

「こ、これはかりはなかなか説明が難しくて……」

整った細い眉を中心に寄せて言葉通りに険しい顔をしている琴葉。今、必死に頭を働かせているようだ。

「そこをなんとかってお願いしても厳しい？」

詳しく話してくれそうな琴葉に手を合わせてお願いする。無理強いはしないように気をつけて。

「じゃあ少し掻《か》い摘《つま》んで……」

と、琴葉が話し出そうとした時。

『ガチャ』

本日二回目。玄関からドアの開閉音が聞こえてきた。少し出端《ではな》を挫《くじ》かれたようなタイミングでの入居者の帰宅だった。

「誰か帰ってきたね。それじゃ、俺は出迎えしてくるよ」

「私もいきましょうか？　もし美麗ちゃんだったら……」

「ひよりもいきますよ」

「いやいや、二人はゆっくりご飯を食べてて。これは管理人の仕事だからね。特に初日でもあるから」

琴葉のコンプレックスに触れてしまった俺が言うのもなんだが、ファーストコンタクトは大事だ。

懸念《けねん》があるからと言って、帰宅している入居者に付き添わせるのは印象も悪いだろう。

管理人らしいことを言えたかな？　なんて思いを抱きながら廊下に出る。

そして、正面の玄関口にいる入居者と目を合わせた瞬間だった。

琴葉とひよりが『いきます』と声をかけてくれた理由をすぐ知ることになる。

「——ッ！　ち、近づいてくんなッ！」

「……へ？　な、なに⁉」

「ちょ、マジで無理なんだけど。キモ死ねッ！」

頭の中はパニックだった。初めての挨拶に向かえばいきなり暴言の嵐を浴びせてきたのだから。

ひよりと同じ制服を着た入居者は、翡翠《ひすい》の瞳をカッと開いて敵意を剝《む》き出しに俺を睨《にら》んでいる。

『近づいてくんなッ！』の指示に従わなければ殺されてしまいそうなほどに……。

黒髪のポニーテールで、顔のわきに伸びる触角はピンクの髪色をしている入居者。ツンツンしているとの情報からこの人物が美麗だと知るには十分。

「あ、あの……、初めまして美麗さん。新しく管理人になりました蒼太と言います」

「マジでキモい。自己紹介とか必要ないし」

「……」

「ってか管理人ぶんな。いきなりアタシ達の環境変えやがって……」

「ッ、そ、それはごめん……」

俺の立場からすれば理不尽なことを言われているが、美麗の言い分は否定できない。

女性のみの環境がいきなり崩れたら、文句の一つも言いたくもなるだろうから。

ただ、言い方が本当に悪いというだけで……。

「え、えぇ……!?」

「とりあえずアンタなんかに世話される気はないから。世話されるくらいなら死んだ方がマシ」

とりあえず喋《しゃべ》りかけたら必ず一つは悪口を挟んでくる。

「もういいでしょ。そこ早くどいて。邪魔だから」

「そ、それはそうかもしれないけど——」

「ハァ。マジで関わる気なんてこれっぽっちもないから。ただそれだけ」

冷ややかな声に嫌悪《けんお》感を漂わせている美麗。

なんとなく、なんとなくわかる。今はこれくらいの干渉が限界なんだろうと。

俺がムキになってしまえば取り返しのつかないことになる……。今以上に深く踏み込む時は美麗という人物をもっと知ってからだろう。

「だから早くどいてって。ホントに邪魔ッ」

「わ、わかりました。じゃあどく前に一つだけ……。明日の朝食はなにを食べたいですか？」

「いらない」

「……」

もう返す言葉がない。

初対面にも拘《かかわ》らず本気で嫌っているのは見ての通り。歩み寄ろうとしても完全に壁を張ってブロックされてしまう。

「で、では最後に。とりあえず朝はスープとか食べやすい物を用意するので、食べられる時は食べてくださいね」

「チッ」

この舌打ちが最後だった。感情的になったように走り接近してくる美麗は、突然カバンを振り回してくる。

「おあっ⁉」

間一髪でそれを避《よ》ければ、その隙を突いて二階に続く階段を駆け上がってしまった。

最悪のファーストコンタクトと言ってもいいだろう。

「はぁ……」

静かになった廊下で大きく溜《た》めた息を出す。これは決してイライラが募ったというわけではない。

「あの態度、絶対になにかあるよなぁ……」

美麗の肩を持つわけではない。むしろあんなことを言われたのなら持ちたくない。

だが、攻撃的なあの態度と口調と表情。なにかがなければあんなに変貌したりはしないはずで、それ以外にも気になることはあった。

『スープとか食べやすい物を用意するので、食べられる時は食べてくださいね』

この言葉をかけた時、一瞬だけ美麗が罪悪感に駆られたような顔を見せたことに。

「スッキリしないな……」

あんな罵倒を受けてしまったが、放っておけないというのが正直な気持ちだった。管理人の立場を抜きにして。

美麗が消えていった二階の階段を流し見る。

後頭部を掻きながら、なんとも言えない顔でリビングに戻れば、ひよりと琴葉は申し訳なさそうにこちらを見ていた。

「二人の反応の意味がようやくわかったよ。……大の男嫌いなんだね、美麗さんって」

俺の言葉に二人は目を合わせ、コクリと頷《うなず》くのだった。

それから食事を終え、21時過ぎ。

俺は最後の入居者の出迎えをして挨拶を交わしていた。

「お仕事お疲れ様です。それと初めまして小雪さん」

「あら、お疲れ様。と、初めましてね。あなたが新しい管理人の広瀬蒼太《ひろせそうた》さんかしら」

「あっ、はい。これからご迷惑おかけしないように頑張りますのでこれからよろしくお願いします」

「ええ。わたしの方こそお願いね。早速だけど広瀬さんとお呼びしてもいいかしら。管理人さんと呼ぶのはどこか堅苦しいと思うの」

サファイアのような綺麗《きれい》な瞳を細め白い首を傾《かし》げて質問してくる小雪。水色の長い髪をお団子にしてウェーブのかかった触角を作った髪型のモデルのような容姿とスタイルが特徴的で、この寮の年長らしい落ち着いた空気もまとっていた。

「そう呼んでいただけると嬉《うれ》しいです。それに自分の名前も覚えてくださっていて」

「お世話になる方だから当然よ。……当然なんだけれど、一つ心配していることがあって、ひよりは広瀬さんのお名前を間違えたりしてなかったかしら」

いきなりだった。首を傾げてなんとも言えない表情を向けてくる小雪。

「えっ？　あはは、やっぱり共に過ごしているとわかるものなんですね。いきなり『そうだい』と間違えられましたよ」

「もうひよりったら……。失礼をごめんなさい。あの子、舞い上がったりすると、抜けてしまうことがあるのよ。わたしからも謝らせてもらうわ」

「いえいえ、気にしてないので大丈夫ですよ。むしろそのおかげで緊張を解いてもらいまして」

「そう……？　それならいいのだけれど」

複雑そうな面持ちを浮かべている小雪に笑みを作って対応する。確かに社会的に見ればかなり失礼なことだが、名前を間違えられたくらいで目くじらを立てたりはしない。

と、この会話から思った。

『小雪さんはと言いますと、この寮で一番のお姉さんですっ！　みんなの意見をまとめてくれたり、お料理もできたり、依頼を受けてアクセサリーも作ったり、カフェの店員さんもしてたり。とっても美人さんなのでこの人だ！　って、すぐにわかると思います。あとは優しいです‼』

ひよりから説明があった通りの人物だと。

「あ、すみません。立ち話もアレですので上がってください。よければ荷物をお持ちしますよ」

「ふふっ、気が利《き》くのね。ありがとう」

「どういたしまして」

どこか高級そうな革製の手提げカバンを受け取る。小雪は玄関で黒のヒールを脱いで靴箱に入れると、間《ま》を繋《つな》ぐように新しい話題を出してくれた。

「わたし以外の三人はもう二階に上がっているのかしら？」

「そうですね。40分くらい前にご飯を食べ終わって二階に。美麗さんは外で済ませたらしいのでもっと早い時間に上にいきました」

「そう……」

状況を説明した矢先だった。整った眉をひそめたかと思えば小さな返事がされる。

美麗のことを聞いて気になるところがあったのだろうか、状況を把握しようとしているのはなんともお姉さんらしい。

さらには暗い空気にならないよう、自ら明るい話に変えてくれた。

「そう言えば、今日はとっても美味《おい》しいご飯が用意されているようね？　琴葉からメールが届いていたわ」

「そ、そんなメールが届いていたんですか⁉　ハードルは上げないようにって言ったのに……」

初耳だった。それもひよりではなく琴葉が送り主であったのは意外なこと。

それでも俺はすぐに感謝を覚えた。琴葉は小雪と会話するキッカケを一つでも多く作るためにこのように動いてくれたのだとわかったから。これには頭の上がらない思いだ。

「ふふっ、ということでご飯の準備をお願いしてもいいかしら。わたしは手を洗ってくるわね」

「わかりました。カバンの方はソファーの上に置いておきますね」

「ええ。バッグの中身は開けないでちょうだいね」

「プライバシーはしっかり守るので安心してもらえたらと」

「ふふっ、ありがとう」

お礼を伝えると小雪は手洗い場に向かっていく。見られるかも、なんて心配をするような素ぶりも見せずに堂々と。この信用を無下にしないように気持ちを改める。

「さて、俺も準備を始めようかな」

俺はキッチンに移動した。この時間でようやく入居者の全員と顔を合わせることができた。

美麗の件が一番の気がかりとなっているものの、少し肩の荷が下りた思いだった。

「んっ、メールに書いてあった通りとっても美味しいわね。ニンニクが入っていないのはわざとかしら……？」

「よくわかりましたね。最初は入れようとしていたんですけど、明日も平日だったので」

「ありがとう。気を遣ってくれて嬉しいわ」

小雪と二人きりの空間はなんとも落ち着いた時間になっていた。

「広瀬さんはパスタが得意料理なのかしら？　これ市販のソースを使っているわけではないでしょう？　味がかなりしっかりしているもの」

「はい、それも正解です。実はパスタ系を家でよく作っていたので、いろいろ工夫できるようになったんです」

「わたしったら本当に惜しいことをしたわね。出来たてを食べたかったわ」

「ありがとうございます」

パスタを飲み込んだ後、ハンカチで口元を押さえながら真剣な表情で呟《つぶや》いている小雪。

こんなにも褒めてもらえるとは思ってもいなかったこと。嬉しい限りだ。

「またいつでも作るので食べたい時は教えてくださいね。次はニンニクを入れてもっと美味しく作りますので」

「ええ、そうさせてもらうわね。……太らないように気をつけないと」

自分を戒めるように小さく呟いた小雪は、横髪がパスタに触れないよう耳にかけてパクリとした。

「あの、小雪さん。出過ぎたことかもしれないんですけど、小雪さんはもっと食べても平気かと思いますよ。自分から見てもかなり細いお体をしているので」

「そうやって甘い言葉をかけられるのも困るわね。わたし、二の腕とかプニプニなのよ？

ほら、触ってみて」

「ッ、いや、それはその……」

右手で左の二の腕を摘みながら聞いてくる小雪。肘を曲げて腕を上げたからか、胸が支えられたようなポーズになり目のやり場に困ってしまう。

「あっ、ごめんなさい。普段から同性しかいない環境だったからつい……。これからは気をつけないといけないわね」

「あはは、そうですね。そうしていただけると助かります」

あの時、触りたくなかったと言えば嘘《うそ》にはなるが、管理人として節度ある行動をしなければ必ずトラブルは生まれる。

ここは絶対に守るべきところ。ラインを越えてはいけないところ。

こんなセリフを出せば小雪は少し飛躍した話題に繋ぐのだ。

「気をつけると言えば広瀬さんに一つ聞いていいかしら。……ちょっと重ための内容ではあるんだけれど」

「はい、構いませんよ」

「ありがとう。では……、美麗と対面した時の様子を教えてもらいたいの。どんな態度だったのか、なにを言われたのか、そんなところを」

小雪の声色が変化したと思えば、ピリッとした空気が生まれた。

「そうですね……。悪く言いたくないんですけど、少し暴走状態でしたね。職務放棄をするつもりはないんですけど、あの様子ですと接するのも難しいという感じで」

「そう……。暴言も言われてしまったかしら？」

「まぁ、ほんの少しですよ。ほんの少し」

実際のところ九割以上が暴言だったが、それを教えることによって美麗を叱ろうとするのではないかと思った。

しっかり者の小雪だからこそ、その可能性は否定できないため正直に全てを話すことは控えた。もちろん庇《かば》うには庇うなりの理由があって。

「男が苦手なんですね、美麗さんは。それもかなりのレベルで」

「ええ。あれだけあからさまだとすぐに気づくわよね。ちゃんと話は通っていたけれど、気持ちを整理することができなかったようね……」

「なにも聞かされていない状態だったので最初は本当に驚きましたよ」

「本当にごめんなさい。広瀬さんにこんなことを言っても困惑させるだけなのだけれど、美麗は男性を敵として認識してしまっているのよ。男子と関わるのが嫌という理由で女子校に通っているくらいで」

「そ、それほどの苦手意識ですか……」

ここまで過剰になっているということは、過去になにかがあったのか、なにかをされたのか、そのような想像ができる。

「……であれば小雪さん、それ以上の説明は結構ですよ」

「えっ……」

小雪が美麗の経緯を話そうとしていたのは雰囲気から汲《く》み取れた。ある程度の事情がわかっていれば悪態をつかれても負担が軽減すると思ったのだろう。

確かにそれは間違いないこと。だが、それがわかっていてもあえて止めるのだ。

「ここまで影響があることなら本人の口から話してもらうのが一番ですから。自分もこれからは気をつけて対応していきますね」

「……」

「それに、デリケートな問題だからこそ、勝手に伝えられるのは本人にとって一番嫌なことだと思いますから。まぁ、詳しい事情を知れば攻撃されても楽ではありますけど、それよりも嫌がることはしたくないですし」

「ひ、広瀬さん……」

これは同情しているわけではない。管理人としても一人の人間としても、入居者とギスギスした関係を作りたくなかった。ここは俺の思い出の場所であり、祖母が長年管理してきた場所。

こうした問題にもしっかり寄り添わなければ十数年前にプロポーズされたあの少女から

怒られるような気もした。

「ですので、この件はこれくらいにしましょう。暴言程度でやられる自分ではないですし、

入居者さんの様子を見るに美麗さんがいい人だってこともわかってますから」

「……若いのに立派なのね。まさかこんな風に言ってくれるだなんて思わなかったわ」

「立派とかじゃないですよ。自分はただ入居者さんと楽しく過ごしたいだけですから」

「もう……。そんなこと言われるとわたしまで嬉《うれ》しくなるじゃないの」

「あはは、それはなんかすみません」

その後、『辛《つら》いことがあったらいつでも教えてちょうだいね』。なんて小雪からの言葉に

は頷《うなず》いて応えた。

話も一段落ついたところで普段の美麗がどんな様子なのかを聞いたが、それからのこと

は本当に微笑《ほほえ》ましい内容ばかりだった。

いつかは心を開いてもらえるように……。

こんな強い気持ちに包まれる時間にもなっていた。

第三章　日常とそれぞれの時間

その翌日。平日の早朝、６時15分。

「そ、蒼太《そうた》さん。美麗《みれい》ちゃんおいで作戦は失敗です……」

パジャマ姿でリビングに顔を出したひよりは、ペタペタと足音を鳴らして近づきながら謝ってくる。

「別に謝ることはないよ。それで美麗さんはなんて言ってた？　朝食に誘った時」

この言葉でわかるだろうが、『美麗ちゃんおいで作戦』は美麗も一緒に朝食を食べようとの作戦。ひよりの誘いなら呑《の》んでくれるかもしれないと考えて頼んだこと。

「え、えっと……、『今日は朝ご飯を食べる気分じゃないから、いらないよ』。です！」

「俺が傷つかないように言い換えてるでしょ？」

「っ」

ビクッとした反応で確信する。

優しい性格の彼女なのだ。さっき伝えてくれた言葉は、俺が傷つかないように優しく変えた言葉だと。

その気遣いは嬉しいことだが、美麗がどのような声色だったか、どのような口調だったのかは、これから関わる上で参考になること。事実を素直に受け止めるべきだろう。

「どんな言葉でも俺は傷つかないから大丈夫だよ。だからそうだなぁ……。美麗さんの真似《まね》して言ってみようか。ひよりは」

「ま、真似ですか⁉　んー、そこまで言うならわかりました……。こほんっ。では、言いますよ？」

「お願い」

スイッチを入れるための前準備か、目を瞑《つぶ》って咳払《せきばら》いをした彼女はキリッと眉を逆ハの字に変え、声色も変えて口を開いた。

「『あんなヤツの料理とか食べるくらいなら残飯食べた方がマシッ！　そもそもなにを入れられてるのかわかんないじゃん。逆にひよりは大丈夫なわけ？　死ぬよ？』です……」

「……あ、ありがとう。イメージはついたよ」

攻撃的な口調は使い慣れていないのか、美麗の真似の点数をつけるなら30点ほどだが、絶対に食べてやんないとの意志は伝わってくる。

昨日から美麗に対して良い印象はないが、管理人として無視するようなことはできない。

大人としても当たり前のこと。

「一つ聞きたいんだけど、二人が通ってる高校ってご飯の持ち込みとかできたりする？」

「それは平気ですよ。みんな軽食とか持ってきてます！　って、まさか……」

「そう、そのまさか。ひよりにはこれをお願いしたくて」

俺はキッチンテーブルに置いていた保冷剤入りのお弁当袋を目の前に移動させる。

「わあ、朝食セットだぁ……！」

「正直なところ、昨日の反応から朝食に出てこないかもって予想はしてたから。残念なことだけど」

「な、なるほど……」

その中身を覗《のぞ》き込んだままボソリと漏らす彼女。

俺が買ってきたのは四品。サンドウィッチ二つ、パックサラダ、ゼリーだ。

個人に買ってきた食べ物は寮の食費として落とせるわけもなく、自腹で払っている。値段にして800円ほど。

このお金でご飯を食べてもらえるのなら儲《もう》けものだが、この状況が何十日も、数ヶ月も続くようなら母さんには相談しなければならない……。

今はまだ距離を縮める時期。焦《あせ》らずゆっくりと動くべきとの考えを持っていた。

「わかりました！　みーちゃんに渡しておきますね」

「ありがとう。助かるよ」

「そ、それにしても朝食セット豪華ですね……。羨ましいです」

「ごめんね。その気持ちは十分わかるんだけど、渡してくれると嬉しいな」

「あっ、すみません……。今、失礼なこと言っちゃいましたね……。ひよりは蒼太さんのご飯が食べられるのに」

「いやいや、気にしないで。俺がひよりの立場でも同じような反応するから」

「そ、そう言ってもらえると助かります……」

頭を下げながらお礼を伝えてくるも、責任感の強い彼女は深く反省している様子だ。

このフォローをするように俺は少しだけ話題を変える。

「それでさ、ひよりには追加でお願いしたいことがあるんだけど……。この朝食はひよりが買ってきたってことにできないかな？」

「蒼太さんが買ってきたのにですかっ⁉」

「これは予想なんだけど、俺が買ってきたご飯だって美麗さんが知ったらお腹《なか》が減っててても食べないいんじゃないかって思って」

「さすがにそんなことないと思いますよ……？」

「念には念を入れときたくてね。食べてくれなかったら問題だし、管理人としては空腹にさせたくはないから」

「蒼太さん……。そういうことでしたらわかりましたっ！　ひよりに任せてください！」

お弁当袋を両手で受け取った彼女は首を縦に振り、使命感のある顔を作ってくれた。

美麗のことを考えたのならこれがベストな選択のはずだ。……少なくとも今の段階では。

「変な役回りさせて本当ごめんね。本当はここで作ったおにぎりを持たせようとしたんだけど、料理すら食べてもらえないのに、俺の手が直《じか》に触れるおにぎりなんか食べてもらえるわけがないなって結論に至って」

調理用のビニール手袋はあるが、それを着けたと説明したところで信じてもらえる可能性は低い。

仮に信じてもらえたとしても、世話なんかされないと決めたような態度を見せられては、食べてもらえる可能性はないに等しい。

それならコンビニの商品を持たせ、ひよりが買ってきた物だと信じさせた方が俺も安心できる。料理を作る側としては悲しいことだが、なにかしらの問題を抱える美麗のことを考えれば仕方がないこと。

「そ、蒼太さん……」

「ん？　どうかした？」

寂しい感情を一人で抱えていた返事をしたその時、ひよりは両手を胸の前に置き、なぜか期待する顔を向けてきた。

「も、もしですよ？　もしひよりが蒼太さんの作るおにぎり食べたいって言ったら……、作ってくれたりします……？」

「ああ、もちろん作るよ。断る理由もないし」

「っ！　で、でしたらひよりにおにぎりを作ってほしいですっ！」

途端、はちみつ色の瞳を宝石のように輝かせて前のめりにお願いしてくる彼女。

そんなにおにぎりを作ってほしかったのか、なんとも可愛《かわい》らしい反応を見せてくれる。

「あははっ、了解」

「あ！　ありがとうございます！」

『そ、それにしても朝食セット豪華ですね……。羨ましいです』。なんて言っていた時よりも嬉しそうにしているのは気のせいではないだろう。それだけで救われた気持ちだ。

「そうそう、おにぎりは何個作ればいい？」

「二つでお願いします！　ひよりの握り拳くらいのサイズで！」

大きさまでリクエストする彼女は左拳を前に出し、右の人差し指でそれをさし、『これです！』と丁寧に伝えてくる。

「丁寧にどうも。じゃあ作っておくからひよりは朝食食べてて」

「はーい！」

元気いっぱいの返事をし、彼女は朝食の並ぶテーブルに歩いていく。

「やった～！　やった～！　おにぎりだぁ～！」

向かっている途中、変なメロディーに乗せながらルンルンと上機嫌に歌い始めた。

その後ろ姿は喜びに溢《あふ》れているようで、ご飯好きな彼女らしい仕草が窺《うかが》える。

「朝からテンション高いね、ひよりは。こっちまで元気をもらえるよ」

「あっ……。こ、これくらいしかないですからね！　ひよりのいいところって。その、明るさと言いますか……？」

「ん？　そんなことはないでしょ」

「いえいえ、ほんとです。中学生の時にそんなことも言われてしまったくらいなんですよ？」

「えっ？　なにそれ。言われたって直接？」

当たり前に否定したことが返されてしまった。初めて聞いた彼女の過去の体験で。

「ち、直接と言いますか、言っているところを偶然聞いてしまって」

「あぁ……。陰口みたいな感じか」

「は、はい。それも仲良かったお友達が言っているところを聞いてしまったので、あの時はほんとにタイミングが悪かったですね……」

顔を合わせることなく、おにぎりを握る準備を進めていたために俺は気づかなかった。今のセリフを発した彼女がどこか憂いのある表情だったことに。

「んー、詳しいことはわからないけど、あんまり重く捉えない方がいいと思うよ。俺はそう思わないし」

「そ、そうですかね……？」

内容が内容だったからか、重い空気が漂い始める。いつも明るく振舞っている彼女が気を落としているだけに相当に感じる。

簡単に触れていいところではなかったのだろうが、俺としてはどうにかして励ましたいところ……。

「その友達はひよりのいいところに気づけなかっただけだよ。明るさだけが取り柄ってのは絶対に間違ってるし」

「……で、では、蒼太さんはひよりのことたくさん褒めてくれたり、できます……？」

「えっ？　ご、ごめん。たくさんって言われるとその……」

「ですよね⁉　って、すみません！　無理なことを言って！」

問いかけられた動揺から顔を上げると、彼女は複雑そうに苦笑いを見せていた。間違いなく誤解している顔だ。

「今のは俺の言い方が悪かったよ。今一度説明させてもらうと、俺はひよりと出会ってまだ少ししか経《た》ってないでしょ？　だからいいところを十個も二十個も見つけるのは厳しくて。特に管理人の初日だったから入居者さんを見る余裕も全然なくってさ」

「……」

「だから、これからもっと関わってたくさん見つけるようにするよ。『優しい』とか『気が利《き》く』とか、取ってつけたような褒め言葉以外を。約束するよ」

「っ！　えへへ……。そ、そうですか。それなら褒められるように頑張ります……っ」

「別に自然体でいいよ？　ひよりが偽る必要なんてないから」

どこか期待したように笑顔を浮かべた彼女。その気持ちを裏切らないように、この約束を脳裏に刻む。

そうして誤解を解くことができたと感じた俺は、時間を確認しておにぎり作りを再開させる。と、ひよりはなぜか座っていた椅子から立ち上がり、席を替えたのだ。

その座り替えたところは、キッチンに立っている俺から見て正面。彼女の背中が見える位置だ。

「あんな風に言ってもらえたの、初めてだな……」

「ん？　ひよりなにか言った？」

「っ！　なんでもないです」

「そう？」

ボソッとなにかを言った気がする。さらには席を替えた理由も気になったが、背を向けられているだけに聞くに聞けなかった。

それでもなにかいいことでもあったのだろうか、足をブランコのように揺らしていたひよりだった。


この二人っきりの時間は40、50分と経ち、朝の7時を迎える。

「それではみーちゃんを呼びにいってきますね！」

学校の制服に着替えてリビングでテレビを見ていたひよりは、ソファーから立ち上がって通学カバンを持った。

「もうそんな時間かぁ。俺も一区切りついてるから廊下で待機しとくよ。見送りするね」

「あ、あんまり無理をしなくても大丈夫ですよ……？」

『絶対に悪口を言われちゃいます』なんて優しい含みをされるが、見送りは管理人の仕事。サボるわけにもいかない。

それになにを言われようとも顔くらいは合わせたい、というのが正直な気持ち。

「平気平気。それじゃ、美麗さんをよろしくね」

リビングから廊下に二人で移動する。俺は玄関前に、彼女が二階に上がろうとしたその時だった。

ドタドタドタと騒がしい足音が響いてくる。

その音はどんどんと近づいてくるかと思えば——身だしなみをしっかり整えた美麗が制服姿で一階に下りてきたのだ。

「あっ、美麗さ——」

「いくよ、ひより」

「えっ、わわわっ⁉」

姿が見えたところで挨拶をした矢先、声に声を重ねてきた美麗はこちらに顔を向けることもなく、ひよりの手を取って玄関まで引っ張っていくのだ。まるで俺の姿は見えていないと言わんばかりに。

「……」

だがしかし、無視されてもおかしくないというのは理解していた。予想もしていた。

考えていた通りの反応に面白おかしく感じる自分がいた。

「二人ともいってらっしゃい。気をつけて帰ってきてね」

黙々とローファーを履いている美麗と、首をキョロキョロ動かしながら戸惑っているひよりに挨拶を飛ばす。

「は、はい！　いってきますねっ」

「ひよりは誰に挨拶してんの？　早くいくよ」

「えっ？　誰にって蒼太さんだよ？」

「誰それ。キモ」

「なっ⁉」

「ほら、早く」

完全無視の行動にひよりも気づいたのだろう。ローファーを履き終わったと同時に目を見開く彼女だが、美麗は玄関ドアを開けてまた手を取って引っ張っていく。

そのまま連れ去られるように外に出ていった。

「あーあ、いっちゃった……」

俺としてはもう少し会話をしたかったのだが、これが上手《うま》くいかない。頭を掻《か》きながらどうすれば良いものかと頭を働かせていると、聞こえてきた。

『みーちゃん！　そんなことしちゃだめだよッ！』

怖さを感じないひよりの怒り声が、閉まった玄関ドアの先から……。

俺のために注意してくれたのだろう。

「あはは、なんか俺にも子どもができたような感じだなぁ……。これ」

美麗が思春期を迎えた長女。ひよりが思春期を迎えていない次女。そんな風な感覚だ。

あんなぶつかり合いをすれば、登校中に言い争いをしそうだが、あの二人なら仲良くしてくれるだろう。

そんな想像をしていた時だった。いつの間にか背後に立っていた琴葉《ことは》に声をかけられる。

「……朝から大変ですね、蒼太さん？」

「あっ、おはよう琴葉。もしかしなくてもさっきの光景見てた？」

「はい。美麗ちゃんがお部屋を出たタイミングで、偶然私もドアを開けましたので」

「そっか。ありがとうね。仲裁に入れるように準備してくれて」

「はて、それはどういう意味でしょうか。ひよりちゃんがいたはずなのでそんな役は必要ないと思いますけど」

「万が一のことを考えて動いてくれたんでしょ？　琴葉ならそんなことをしてもおかしく

ないから」

「ふふ、ではそういうことにしておきますね。その方が好感度は上がりそうですので」

「誤魔化さなくていいのに」

「いえいえ、誤魔化してないですよ」

自然な笑みを浮かべて片手を振った。

この自然な動作に一瞬だけ偶然かと思うも、琴葉の性格ならこの線は薄いだろう。

「……あっ、そう言えば昨日、蒼太さんに聞き忘れていたことがあったんです」

「なに？」

「今週末、私が昼食を作るんですけど、蒼太さんの分も一緒に作りましょうか？　管理人のお仕事には昼食の支度は入っていませんよね？」

「それはそうだけど……。え、甘えていいの？　確かにそっちの方が楽ではあって」

「もちろんです。土曜日の昼食当番は私になってますから。ちなみに日曜日はユキちゃんが当番になってます」

「へえ、そんなローテーションを組んでたんだ？」

と、感心しつつ先ほどの話の逸《そ》らし方が上手いものだと感じていた。

顔や身長はまんま中学生だが、中身は年相応だ。

「聞いていい？　琴葉の得意料理」

「そうですね。大雑把に言えばカレー、肉じゃが、煮物……。可愛《かわい》いお料理で言えばオムライスです」

「なんか男が喜ぶ料理が得意って感じだね？　煮物とか肉じゃがって男の一人暮らしじゃなかなか作らない料理だし」

「もしかしたらそれを狙って上達させたお料理かもしれませんね？　そのようなお料理は男性の胃袋を摑《つか》めるらしいですし」

「……抜かりないなぁ。いろいろと」

「これが大人の女性というものですよ」

ニンマリと得意げな顔を作っている琴葉。

家庭的で母性的な姿は、童顔の容姿とギャップがある。

意中の相手がいたら、もしくは見つけたら、必ず好感度を上げるための武器にするだろう。

「それで、蒼太さんは食べたいお料理とかありますか？　折角ですのでリクエストに合わせますよ」

「そうだなぁ。カレーとか肉じゃがも気になるけど、オムライスを食べてみたいな。シンプルだけど好きなんだよね」

「可愛い注文ですね。わかりました。それでは蒼太さんのオムライスにはケチャップでハートを描いておきます」

「ちょ、そんなことしたらみんなビックリするって。変な誤解を生んじゃうから」

「それでしたらいいアイデアがあるので大丈夫ですよ」

「いいアイデアって？」

「もっと驚かせるためにこの際にお付き合い始めてみます……？　なんて」

「ッ」

言い終わった瞬間、親指を立ててウインクをしてきた琴葉。この指サインは『彼氏』を示すもの。

「かっ、からかうんじゃないよ。そっち系で攻められると立場的にも反応に困るんだから」

「そうなんですねえ。それはそれはいいことが聞けました」

役者顔負けのしたり顔を見せてくる。これは絶対に言えないことだが、童顔であるためにとんでもなく生意気な表情にも見える。

「ただ気持ち的にはもうちょっと正面からの答えがほしかったです。そんな上手に躱《かわ》すのではなく、ちゃんと受け答えしてくれるような」

「そんなこと言って、『じゃあ付き合おう』って答えても断り文句あったでしょ？　絶対」

「ふふ、あるわけないじゃないですか」

「本当？」

「本当です」

素直に答えられると、もうなにがなんだかわからなくなる。摑みどころのない琴葉はある意味一番警戒するべき相手なのかもしれない。

「そんなに警戒しないでください。悪いことなんて考えてないですよ」

「あのさ、なんで俺の考えていることがわかるの……？」

「交換条件でなら教えますよ？　蒼太さんが今までお付き合いした人数。もしくは経験人数でもいいですね」

「……」

本当、この幼い顔に騙《だま》されてはいけない。

恐らく寮の中で一番食えない相手だろう。今、ワクワクした様子で見つめてくる彼女に俺は一言だけ返した。

「遠慮します」、と。

朝食を食べ終えた琴葉を見送り、洗い物を済ませれば時刻は8時30分を過ぎていた。

「小雪《こゆき》さん起きるの遅いけど大丈夫かな……」

ひよりと美麗は学校に、琴葉は仕事に。入居者の三人は姿を見せてくれたわけだが、年長の小雪は未《いま》だに部屋にこもっている。

「もしかして起こしにいくべきなのかな……。でも、昨日はそんな連絡受けてなかったし……」

小雪用に作った朝食に目を向けながら、冷蔵庫に入れようかと迷っていた最中《さなか》。

『ピンポーン』

いきなり寮の呼び鈴が鳴る。

「はーい！」

留守だと思われないよう大きな声を出してリビングから玄関に向かい、複層ガラスから人影を確認すると急いで靴を履いてドアを開ける。

「お世話になってます。滝川《たきがわ》急便ですー」

「あっ、どうも……」

張りのある声。そこにいたのは紺色と白のボーダー服を着た宅配業者だった。

「おっ、初めて見る方ですね。もしかして新しい管理人さんですか？」

「そうなんです。昨日から働き始めまして」

「お疲れ様です。これから何度もお会いするかと思いますので、よろしくお願いしますね」

今の言葉で理解する。この男性がこの寮によく宅配してくれるのだと。

「っと、こちらが綾瀬《あやせ》小雪さまのお荷物になっております。サインをお願いします」

「わかりました」

荷物の受け取りも管理人の仕事。

業者からペンを受け取り、指示された箇所にサインをして荷物を受け取った。

送り状にある品名欄をチラッと確認すれば、小物（アクセサリー用品）と書かれ、重量感もあった。

「サインありがとうございます。それでは失礼いたしますー！」

「ありがとうございました」

業者を見送った俺は玄関ドアを閉める。

あとはこれをどうするかである。この時間のお届けとなると時間指定をした可能性もある。つまり、急ぎの荷物であるということ。

「一応、報告した方がいいよね……」

小雪の部屋に荷物を運ぶついでに……。と、靴を脱いで廊下に上がれば美麗の時と同じように二階から足音が聞こえてきた。

呼び鈴が目覚めるキッカケになったのだろうか、その人物とすぐに顔を合わせる。

「おはようございます、小雪さん」

「おはよう広瀬《ひろせ》さん。お荷物受け取ってくれてありがとう」

「いえいえ、仕事ですので」

立ち止まった俺に近づいてくるのは、黒ぶちの丸メガネをかけて眠たげな瞳を作っている小雪だった。

長袖にショートパンツの花柄パジャマとかなりラフな格好。昨日はお団子だった髪型はストレートになっていて、全く違う印象。だからだろうか、昨日のようなキリッとした印象は薄めに感じる。

「あはは、なんだか眠そうですね」

「ええ、朝は苦手なのよ。ふぁ……」

口に手を当てて大きく伸びをした小雪。それは寝起きの行動として当たり前。俺も今朝同じことをしたなぁ……。なんて思いながら笑みを浮かべようとした瞬間だった。

「ッ⁉」

パジャマが伸び縮みするその動作を見て、俺は重大なことに気づいてしまう。着ているパジャマのボタンを掛け違えていることに。伸びが終わった瞬間、ボタンとボタンの隙間から胸に着ける黒の下着を見てしまった。

すぐに視線を逸らすも、冷や汗が流れる。

頭の上には立派な水色髪の寝ぐせが立っているが、そのインパクトすら相殺《そうさい》される事件。頭が動く度に揺れる寝ぐせに、見え隠れする黒い下着。その双方に気づいていない小雪に動揺してしまう。

「え、えっと……。コホン」

ひとまず咳払《せきばら》いをしてなんとか伝えようとしたが、意図は伝わらない。

「どうかしたの？　広瀬さん」

「い、いや……。あのメガネをかけた小雪さんを初めて見たので新鮮で。あと髪も結んでいなかったので」

次の作戦を考えようと様子見の言葉。

「オフの時にはこんな感じよ。外出する時と印象違うでしょう？」

「そう、ですね」

「ん、広瀬さん？　わたしのメガネ姿は似合ってないと思っているでしょう？」

細い眉を中心に寄せて疑《うたぐ》り深い顔を作った小雪。

完全に怪しんでいるその表情だが、パジャマ姿であるせいで昨日の大人っぽさをあまり感じない。どちらかと言えば無防備な姿に気を取られてしまう。

「そ、そんなことはありませんよ。とても似合ってます」

「本当……？　わたしのメガネ姿ってよくアホっぽいとか言われるのよ」

「そんなことはないですよ。きっとからかっているんだと思います」

メガネをかけている分今の小雪の姿は知的に見える。

それなのにアホっぽいと言われる理由は立派に立った寝ぐせ。アホ毛からきているのだろう。

そして、小雪がその件を知らないとなれば誰も指摘していないことになる。

寮ではラフに過ごしてほしいからか、普段とのギャップを見たいからか、それはひより、美麗、琴葉の三人しか知らないこと。

俺がそこにツッコミを入れるのは野暮だろう。……下着の件を抜きにすれば。

「それならよかったわ。女性と男性が見るのでは違うということかしらね」

「その違いは少しあるかもしれませんね。それでこのお荷物はどこに持っていけばいいですか？　少し重いので指定の場所までこのまま運ぼうかと思ってますけど」

「あら、ありがとう。それならリビングにお願いしていいかしら。荷物の確認をするために広いスペースを使いたいの」

「全然構いませんよ。となると結構な種類が入っているんですね」

「その荷物の中にはアクセサリーを作るための材料が入っているのよ。わたし、ネットでハンドメイド品を売るお仕事もしていて」

「凄《すご》いお仕事されてますね。となると手先がかなりお器用で？」

「ふふっ、このお仕事をしているから多少なりにと言っておこうかしら」

「あ、もしよかったら仕事する際もリビングを使っていいですよ？　広いスペースでした方が作業効率も上がると思いますし」

「ありがとう。それじゃあ遠慮なく使わせてもらうわね」

「はい、コーヒーなどは準備しますのでいつでも言ってくださいね。あと朝ご飯も用意してますので」

「ええ、今からいただくわ」

スムーズな会話が続く。これでは指摘するタイミングもなく、見つけられもしない。

なんとか言葉以外で気づいてもらおうとはしたが、諦めがついた瞬間だった。

「あ、あの……。小雪さん。一つだけ……」

「なにかしら」

「えっと、本当に言いづらいんですけど、すみません。……見えてます、ここ」

顔を下に向けて自分の胸元を手でタッチして伝える。

「ここ？」

「……」

「……」

視線を床に落としているために今、小雪がどうなっているのかわからない。ただ、無言の時間はすぐに生まれた。

現状を理解して固まっているのか、そう思っていたが予想外の言葉を聞く。

「ふぅん……。エッチなのね、広瀬さんって。満足するまでこっそり見ていただなんて」

「ちょ、そんなことは――!?」

「まだ直していないわよ？」

「す、すみませんっ！」

「ふふっ、別に気にしていないから平気よ。それに寝ぼけていたわたしのミスだもの」

俺が再び顔を上げれば体を１８０度回転させ、見られないようにボタンを留め直し始めた小雪。

寝ぐせは立ったままだが、この注意をされても取り乱さない姿が、一段と大人っぽく見えるのかもしれない。

ただ、余裕のある風に見えたからか、小雪の耳が赤くなっていたことに俺は気づかなかった。

＊＊＊＊

「ねー！　みんな知ってる？　来週、Dery の新色マニキュアが出るんだって！」

「ウッソ！　それ何色⁉」

「ワタシも気になるー！」

「ゴールドパールぎっしりのメタリック！　でもギラギラしすぎてないやつ！」

「うん、それはもう買いです！」

「さて、値段の発表をお願いします！」

「なんと税込み３０００円です！」

「おぉ、いい感じじゃん！」

そんな女子の会話に包まれた明るい高校の教室。そこに一つのため息が吐《つ》かれていた。

「ハァ……。次の授業は数学か。めっちゃ苦手なやつだし」

朝課外終了後の休み時間。

時間割が貼られた黒板を見ながら、机の中から1時間目の数学の教科書とノートを取り出した美麗は、あからさまに嫌な表情を作っていた。

「美麗ってば数学全然できないもんねー、あと英語だっけ」

「ん、その二教科。頑張って理解しようとはしてるけど内容が難しすぎじゃない？　特に数学なんて公式ばっかじゃん」

「まぁねー。気持ちはわかるけど公式があれば基本はある程度解けるようになるよ。応用だとさらに難しくなるけど」

そんな彼女は隣席の友達にトゲのない態度で会話を広げていた。

「国立の大学入試って数英が重要になるらしいよ？　だから今のうちから頑張んなきゃ」

「それはわかってるけどさ……」

「ぶっちゃけ危機感はないよね。受験生とは言えまだ4月で受験は先だし、余裕があるっていうか」

「同感。将来の夢も決まってるわけじゃないしね。それでもやらなきゃいけないのはわかってるけどさ」

「美麗はファッションビジネス系の大学か専門学校でもアリじゃない？　服とかめっちゃオシャレだし興味がないってわけじゃないでしょ？」

「それはそうだけど接客苦手だし。特に男の」

『男』のワードを口に出した瞬間、声のトーンを大きく下げる美麗だ。

「ははっ！　そう言えば男嫌いだったねー、美麗は。可愛《かわい》いのにもったいないの」

「別にもったいないことないでしょ。男なんて変なことしか考えてないんだから関わらない方がマシ」

「それは偏見だって言ってるのに！　ちゃんとした男はいるって」

「はいはい。信じらんない」

こうした言葉に首と手を左右に振って聞き入れないとのジェスチャーが入る。よほどの嫌悪《けんお》があるのか、その表情は歪《ゆが》んでいるものだった。

「でも仕方ないか……。美麗と同じような過去を経験してたら私も同じ反応すると思うし」

「そういうこと。マジであんなことしてくるとかキモすぎ」

美麗の事情を知っている友達はすぐに引き下がり、この気持ちに歩み寄る。

「でもさー、うちの女子校のツートップに彼氏いないのは珍しいと思わない？　姉御の美麗に妹御《いもご》のひよりちゃん。どっちが先に彼氏できるか、よく噂《うわさ》されてるじゃん」

「あのさ、毎回思ってたんだけどその姉御と妹御ってなに？　別にひよりとは姉妹でもないんだけど」

「それはみんなわかってるって！　ただ、二人は同じ寮に住んでて一緒に登校してるじゃん？　あと美麗は人を引っ張っていく姉のような性格、ひよりちゃんは誰かを支える妹のような性格。二人とも顔整ってるしこの学校のツートップだから、そこに御がついて姉御と妹御」

両手を使ってわかりやすく説明する友達。

『いもうとご』ではなく『いもご』と略しているのは単に呼びやすさを重視しているから。

「ハァ……。そもそも先にどっちがカレシできるかとか、そんなの比べるのはどうかと思うけど」

「え？」

「容姿以前にアタシは性格悪いんだから、誰にでも優しいひよりと比べるのはお門違いって言ってんの。ひよりの圧勝ね、圧勝」

「んー!?　美麗は優しいじゃん!?　それで優しくないって言うのはおかしいって。みんなこう答えるよ」

「それはアタシのプライベートを見てないだけね。実際クソほど悪いから」

「絶対信じない！」

「……はいはい」

「もー。あんまり自分の評価は落とさない方がいいよ？　友達をたくさん作ってる時点で信憑性《しんぴょう》性もないし」

女子校での美麗の姿と、寮での美麗の姿は全く別物。

嫌悪を示すのは男のみなのだから当然である。

反論する友達と否定する美麗。教室でこんな攻防が繰り広げられていた時、仲裁者が入ることになる。

「みーちゃーんっ！」

ざわざわした教室の中、廊下側から元気いっぱいの声が届く。美麗のことをこのあだ名で呼ぶのはこの学校で一人だけ。

「おお、出てきたねぇ、妹御のひよりちゃん。ではでは、お邪魔虫の私は一旦退却するよ。あの登場の仕方だとなんか二人で話したいような感じがするし」

「別に気にしなくていいのに」

「まあ気が向いたら戻ってくるね」

美麗からストップの声がかかるも、首を横に振って席を離れていく隣席の友達。それから入れ替わるようにひよりがやってくる。

「あ、ごめん。お友達とお話し中だったね？」

「いや、ちょうど話も終わったところだったから。それでどうしたの？　アタシの教室にきて」

「実は美麗ちゃんに渡すものがあって！　今朝は渡すタイミングがなかなか見つけられなかったから……」

苦笑しながらこう伝えるひより。

「アタシに渡すもの？　なにそれ」

「じゃじゃーん！　朝食です！」

そして、すぐにニッコリ笑顔を作った彼女は、背後に隠したお弁当袋を見せるのだ。

「え？　いや、なんで？」

「だってみーちゃん朝ご飯食べてなかったでしょ？　だから朝食！　はい、ちゃんと食べてね」

「あ、ありがと……」

袋を受け取った美麗はすぐにチャックを開けて中を覗《のぞ》き込む。そこには蒼太が買ってきたサンドウィッチ二つ、サラダ、ゼリーが入っている。

「じゃあひよりはこれで！　今日も一日頑張ろうねっ」

「ちょっと待って。確認させて」

「な、なに……？」

「これ誰が買ってきたやつなの？　傷まないように保冷剤まで入ってるけど」

追求されないようにと早々に去ろうとしたひよりだが、そう上手《うま》くはいかない。美麗は翡翠《ひすい》の瞳を鋭くさせて問う。

「も、もちろんひよりだよ!?　ひよりしかいないもん……」

このように伝えるのは蒼太からお願いされていることだから。

『この朝食はひよりが買ってきたってことにできないかな？』

『俺が買ってきたご飯だって美麗さんが知ったらお腹《なか》が減ってても食べないんじゃないかって思って』、と。

この言葉を忠実に守っている彼女なのだ。朝食を抜いた美麗にご飯を食べさせるために。

「ひよりがねえ……。で、いつ買ってきたのこれ。一緒に登校した時コンビニには寄らなかったけど」

「そ、それは今朝だよ今朝！　早起きしてコンビニにいきたくなったから！」

「それでアタシのご飯を買おうってなる意味はわかんないけどね。じゃあ次が最後。この朝食の合計金額は？　お金返すから正確に教えて」

「ご、ごごご合計金額!?　えっと、えと……。５５０円くらい！　あ、５８０円！」

「ふーん。５８０円ね」

視線をキョロキョロさせ、さらにこのテンパり具合。

『嘘《うそ》をつく気があるの？』なんて言われてもおかしくないほどのポンコツさを見せてしまっている。

元々、人を騙《だま》すことが苦手なひよりなのだ。本人からすればこれでも精一杯頑張っていること。

「ひより、あと1分だけ待って」

「い、1分？」

「そ」

その言葉を最後にポケットからスマホを取り出した美麗はなにを思ったのか、高速で文字を打ちこみ、商品の値段検索をかけていくのだ。

画面を切り替えて計算機アプリに値段を打ち込み、結果として出た合計金額は８２０円。

ひよりが口に出した金額とは大きな差がここで生まれる。この情報が決め手になるのは間違いようもないことだった。

「ったく……。こんなこと必要ないっての」

値段を出したスマホをひよりに見せるように机に置いた美麗は、次に財布を取り出す。

そして、中から820円を手に取った。

「これ、アイツに渡しといて」

「へっ⁉　な、なななんのことですか⁉」

「さっきから動揺しっぱなしだし、ですます口調になった時点で隠す気ないようなもんでしょ。これ買ってきたのアイツでしょ？　じゃなきゃこんな差額が出るわけないし」

「っっ、ま、間違えただけだもん……！」

「月のお小遣い額が決まっていて、いつも計算しながらお菓子とか買ってるひよりが値段を間違えるわけないでしょ。それに月の計算をするためにいつもレシートもらってるよね。それ見せてくれたらアタシも信じるけど？」

「そ、それは……」

「それは？」

「だ、だから……その……」

「だから？　その？」

「うぅ……」

「うう？」

美麗の圧に完全に押されるひより。雌雄はもう決している。それでも意地が消えたわけではない。無言を貫きながら本当だと伝えるような顔を作っている。

「ひよりは誤魔化すの下手なんだからバレるに決まってるでしょ。それにアタシは鈍いわけじゃないし」

そのセリフと共にお金を無理やりポケットに入れ込んだ美麗は、腕を組んで不満そうな面容を作る。

「そもそもあんなヤツに協力する意味なんかないって。ウソをついてたのもアイツの入れ知恵でしょ、どうせ」

「だ、だってみーちゃんが心配だったんだもん……。ご飯はちゃんと食べないと元気も出ないから……」

「……」

「それに、蒼太さんも心配してたよ？　生活環境が変わっちゃったからってみーちゃんに謝ろうとしてたり……。だからひよりは協力するの」

「そ、それが余計なお世話だっての……」

複雑そうな顔のまま返すのはこの一言だけ。

「とりあえず！　そのご飯は絶対食べてね！　あと今日の夕食もちゃんと食べること！」

「それは絶対にパス。アイツのご飯食べるなら死んだ方がマシだって。一緒の空間にいることすら無理だから」

「蒼太さんが作るご飯ほんとに美味《おい》しいんだよ⁉　ほっぺが落ちるくらい！」

「そんな問題じゃないし、コンビニの方が美味しいでしょ。ってか、本気でアイツの料理は食べる気ないから。お世話される気もないし」

断固たる意志。こればかりは崩すことはできないと瞬時に悟るひよりでもある。

「……それならまずは蒼太さんを無視しないようにだけしてほしい。約束できる？」

「登校中もそれ断ったけど」

「ひよりあれから考えたんだけど、約束してくれないなら小雪さんとか、琴葉さんに伝えちゃうよ？　無視は絶対にしちゃだめだから」

「ッ！　ちょ、なにそれ。それは卑怯《ひきょう》でしょ……」

「卑怯じゃないよ。ひよりも譲るところは譲ってこう言ってるもん」

美麗の事情を考えても、『これはできるよね？』との案。

ここで美麗の勢いが一気に衰える。彼女が年上の入居者相手に逆らうことができないことをひよりは知っているのだ。

「じゃあもう無視しない？　それとも蒼太さんのご飯を食べる！　に変更する？」

「いや、なんでそうなるわけ……。そっちの方が嫌だし」

「じゃあ無視しないようにしてね！　まずできることを少しずつしていこっ」

「だ、だから……」

「わかった？」

「……」

「みーちゃん？」

「も、もうわかったって！　わかったよもう……」

この行動で完全に心が折れた美麗。返事をしなければずっとねばられることを理解しているのだ。

「うんっ、じゃあ約束ね！　もし蒼太さんから無視されたって聞いたら小雪さんに伝えるからね」

「ハァ……。最悪」

小雪を盾にされたらなにも抵抗できない美麗である。

「ねえ、なんでひよりはアイツの肩を持つわけ？　好きなの？」

「そ、そんなわけじゃないよっ⁉」

「いや、顔真っ赤で否定されても説得力ないんだけど。アイツと会ったの昨日でしょ？

ここが女子校で男と関わってないからって、さすがにチョロすぎでしょ」

「それは違うよ……。いきなり、す、好きなのとか言うからだよ……」

プルプルしながら必死な抵抗。また弱いところを突かれてしまうと思ったひよりは撤退を選ぶ。

「そ、それじゃ！　ご飯も渡せたからひよりは教室戻るねっ！」

「ちょ、今日の放課後は一緒に帰れ……って、もういないし」

言い終わる前に教室から出ていったひより。

その相変わらずの足の速さに苦笑を漏らす彼女。

その後、頬杖《ほおづえ》をつきながらチラチラと机上にあるお弁当袋に目を向け始める。

興味。いや、空腹は誤魔化すことができないもの。

口を尖《とが》らせながら片手でお弁当袋を引き寄せた彼女は親指と人差し指でチャックを開け、サンドウィッチの袋を取り出す。

「………………」

そのまま半目で見つめること数秒。

意地張りをやめたように大きなため息を吐《つ》いた美麗は封を開けていく。

「こんなので恩を売ったとか勘違いしてたら殺すし……」

ボソリとした文句を言いながら、両手でサンドウィッチを持った彼女は口に入れてもぐもぐと食べ始める。

お弁当袋に入っていた複数の食べ物は、昼食を迎えるまでには空になっていた。

第四章　休日の出来事

それから数日が経《た》った土曜日の昼。寮の中では入居者全員がリビングに集まっていた。

「あっ、もうそろそろお買い物にいかないと……。みんなはお腹空《なかす》いたかな？」

土曜日の昼食当番である琴葉《ことは》の問いに次々と反応していく。

「はいっ！　お腹空きました！」

「アタシも空いたかな」

「わたしもそうね。広瀬《ひろせ》さんはどう？　と言ってもこの流れで聞くのは意地悪かしら」

「いえいえ、そんなことないですよ。俺もみんなと同じでしたから」

現在の時刻は11時。

小雪《こゆき》がこのように促してくれたことにより簡単に輪に入れた俺だったが、そこからは上手《うま》くいくものではなかった。

「ってか、なんでコイツまで一緒にご飯食べることになってるわけ？　アタシそんなの聞いてないんだけど」

「美麗《みれい》は聞いていなかったの？　今日の昼食は蒼太《そうた》さんも一緒よ」

「ハ……？」

鳩《はと》が豆鉄砲を食ったような顔をして俺を見てくる美麗。そのまま目が合った瞬間、敵意ある眼差《まなざ》しに変えてくるのはどうにかしてほしい……。

もう次になにを言われるか、その表情で大体のことがわかってしまう。

「いやいや、それはマジでありえないから。そんなことなら一人でご飯食べるんだけど。絶対一人で食べるし」

「みんなで食べた方が美味しいし楽しいのに……」

「美麗ちゃん……」

「無理。ホントに」

断固拒否の反応でピリッとした空気に包まれるリビング。

この様子を見て苦渋の表情を浮かべる小雪は眉尻を下げて俺を見てくる。なんとも申し訳なさそうにしている表情だ。

「とにかくそんなわけならアタシはパス。作ってもらうのにこんなこと言ってごめん、琴葉さん。適当に分けてくれたら食べるから」

そう言い終えると美麗はリビングの扉を開けて廊下へ。足音を響かせて二階に上がっていった。

先ほどまでの柔らかい雰囲気はどこにいったのか、シーンと静まり返る。

誰も言葉を発さない。いや、発せないような状況だが――。

「あははっ、相変わらずだなぁ。美麗さんは」

俺は我慢できずに笑声を漏らしてしまう。

当然、こんな態度にセリフを出してしまえば呆気《あっけ》に取られたように見てくる三人である。

「あ、ごめん。別に頭がおかしくなったわけじゃないよ。ちょっと出会い頭のことを思い出しちゃって」

「出会い頭ですか？」

目を大きくして問いかけてきたのは琴葉だ。

「そうそう、美麗さんと初めて出会った時のこと。あの時と比べたら一応は目を合わせてくれるし、同じ場所にいるだけならなにも言われなくなったし、無視もされなくなったし。態度は変わってないけどいろいろ進展したなって思って」

美麗が抱える事情はまだわからないが、悪い入居者じゃないのはもうわかっている。

『作ってもらうのにこんなこと言ってごめん、琴葉さん』

なんて謝りの言葉をかけることができる人なのだから。

そして、今回は俺にも非はある。

一緒に食べようとしたのは控えるべきだったと……。踏み込みすぎな行動を取ったことに違いなかったのだから。

「なんだか蒼太さんらしい考え方ですね」

「でも、そうですね！　確かに前進してますね！」

「広瀬さん……」

事の発端を作った小雪はまだ引っかかっている様子だが、どの道こうなる運命だった。

この件は一旦終わりと言わんばかりに俺は口を開く。

「さてと、琴葉はこれから買い物にいくんだよね？　昼食分の」

「そうですね。いろいろ作ろうかなと思っているので楽しみにしていてください」

「それなんだけど、もしよかったら俺も一緒にいっていい？　材料の補充をしたくて」

「それはもちろんいいですけど、メモしてもらえたらその分も一緒に買ってきますよ？　ついでなので」

「あー……。いや、大丈夫だよ」

今現在、寮には俺を含む五人で生活している。その分の材料を揃《そろ》えるとなれば、かなりの量、重さになる。

大人な琴葉ではあるが、力仕事に適した体つきはしていない。もしこれを任せてしまえば、細い腕をプルプル震わせながら重い荷物を運ぶことになるだろう。

酷な買い物をさせるわけにはいかない。

「あのー、蒼太さん。念のために言っておきますけど私、そのくらいのことはできるんですからね？　こう見えても力はあるんですから」

「あ、あはは。わかってるよ」

りんご色のまるい瞳をジトリと変化させる琴葉は、理解させるように釘《くぎ》をさしてくる。

完全に見破ってくるその力は本当に不思議なものだ。

そうして二人で買い物にいくと決まった時だった。

遠慮がちに手をあげる入居者が一人いた。

「あ、あの……。そのお買い物にひよりも一緒にいきたいとか言ったら、ど、どうです？」

上目遣いの瞳を俺に向け、次に視線を下ろして琴葉に。捨てられた子犬のような目をして様子を窺《うかが》っている。

一緒にいきたいという気持ちはヒシヒシと伝わってくる。これを微笑《ほほえ》ましく感じたのは俺だけじゃなかった。

「蒼太さん、ひよりちゃんも一緒でいいですよね？」

「俺もそう言おうと思ったところ」

「わーっ！　ありがとうございます！」

ただの買い物でも嬉《うれ》しそうに大きな笑顔を見せている。これで買い物組が三人になり、ここまでくればもう一人に矢印は向く。

「小雪さんはどうします？」

「わたしは美麗と一緒に残ることにするわ」

「……あっ」

断った意図にはすぐ気づいた。

『美麗を一人ぼっちにさせるのは可哀想《かわいそう》だから』という理由があることに。

この点についてもうちょっと気を回さなければならないこと。……素直に反省する。

「期待はできないけれど、お買い物から帰ってくるまでには食事の件をもう一度美麗に聞いてみるわね」

「ありがとうございます、小雪さん」

「ここは任せますね、ユキちゃん」

「ひよりからもお願いしますっ！」

「ええ、三人はいってらっしゃい。事故のないようにお願いするわね」

最後は管理人らしいセリフを小雪に取られてしまったが、見送られる側としては嬉しい声かけだった。

この立場にいて美麗のことを一人に任せてしまうのは面目ないが、今の状況で一番適しているのは小雪だろう。

信頼を置いている相手と二人っきりにさせることで、少しは気持ちが落ち着くかもしれない……。

そんな願いを持って俺は二人と買い物に出かけるのだった。


「琴葉さん、今日はどんなお昼ご飯を作るんですか？」

「メインはオムライスで、あとはお店を回りながら決めようかなあ」

「オムライスいいですねっ！　って、あれ？　最初からお料理を決めてるわけじゃないんですね」

「最初からメニューを決めていると買い物は早く終わるんだけど、特売価格で安くなっているお野菜を使えなかったりで、結果的に高くなったりするの」

「なるほど！　確かにそうなっちゃいますね！」

昼食作り担当の琴葉はショッピングカートを押し、その隣にひよりが立って話している。

二人の後ろにいる俺は、その仲睦《むつ》まじい様子と会話を見聞きしていた。

「蒼太さんは嫌いな食べ物とかありますか？　そちらは避けようと思っているので遠慮なく教えてくださいね」

「俺はなんでも食べられるから大丈夫だよ。ひよりもそんな感じがするけど」

「ひ、ひよりはしいたけ……、ですね」

「あっ」

いつも美味《おい》しそうにたくさんのご飯を食べていることから、好き嫌いがないイメージだったがそうではなかった。歯切れ悪そうに伝えてきた。

「ひよりちゃんは本当にわかりやすいですよ。お皿の中にしいたけが入っているのを見た瞬間、ピタッて動きを止めたり。それでも残さず食べてますけどね」

「それは偉いね。中には苦手だからって残しちゃう人もいるから」

「そ、そう褒めてもらえると嬉しいですね。えへへ……」

料理を提供している身として美味しく食べてほしい気持ちがあるのはもちろんのこと、完食してほしい気持ちもある。

それに応えてくれるだけでなく、食べ物を無駄にしていないのは偉いことだと本心から思う。

　ひよりにますますの関心を示していると、

「あっ！」

　突然声をあげた彼女は、目を大きくして視線を一点に集中させた。その反応に釣られ、俺もその方向に顔を向ければ鮮魚コーナーがある。

「すみません、ひよりあそこにいってきてもいいですか!?　お魚を見てきたいです」

「ふふ、もちろん大丈夫だよ。いってらっしゃい」

「はいっ！　いってきますっ！」

　時は金なり。これを理解しているように元気な返事をすると、一直線に店内を進んでいくひよりだ。

　このスーパーは珍しいことに生きた魚が泳ぐ大きな水槽がある。この活魚は販売されている商品の一つだが、魚に興味があれば買い物の途中に観賞できたりする。

　どんどん遠くなっていく彼女を見ていれば、泳いでいる魚を先に見ていた子どもの隣にスッと座り、興味津々《きょうみしんしん》に魚の観察を始めた。

　遠目だからこれくらいが目視できる限界だが、きっと目を輝かせていることだろう。

「ひよりちゃんって本当に純粋ですよね。一緒にいるだけで元気をもらえるくらいに」

「素直で接しやすいし、俺もそう思うよ。今どき珍しいタイプだとは思うけどね」

天真爛漫《てんしんらんまん》な彼女がいてくれるだけで場も明るくなる。学校でもその力を十二分に発揮していることだろう。

「……美麗ちゃんもひよりちゃんのようにそうなってほしいと思いますか？」

「い、いきなりだね。……そうだなぁ。確かにそっちの方が管理人としてもやりやすいだろうなってイメージはあるよ。一緒に生活してるから、距離を縮めてくれる相手の方がコミュニケーションも取りやすいし」

「……」

「まあ、だからと言って不満はないよ。今言ったことは俺の都合のいいようにしか考えられてないし、相手に寄り添ってるわけじゃないからさ。まずは美麗さんの事情を聞いてからその感情は持ち出さないとね」

「…………」

「女子寮って環境を変えちゃったことには違いないから文句を言いたい気持ちはわかるし、むしろ本当に我慢してくれてるなって思う。……って、熱く語りすぎちゃったね、あはは」

管理人の穴を埋めるために俺が呼ばれたわけだが、入居者側からしてみればいきなり男が入ってきて寮の管理を始めたわけである。

事前に連絡があっても全員が全員、その状況を呑《の》み込んでくれるのは当たり前じゃない。むしろ反撥《はんぱつ》する入居者が出てくるのが当たり前だと思っている。

「……そうですか。その言葉を聞けて安心しました」

「そ、そう？　一般的な意見だと思うけど」

「確かに『仕事だから』と言われたらその通りですけど、そこまで達観した意見は美麗ちゃんのことを考えていなければ出ませんから。狙い通りにならなかったので伝えますけど、不満を漏らしやすいような空気は作ったんですよ？」

「あぁ、だから最初にひよりの話題から入ったのか」

「出しにするつもりはなかったんですけど、ひよりちゃんのお話は和みますからね」

トゲのある態度を続ける美麗の愚痴を引き出すことによって、少しでもガス抜きをさせられたら……。なんて気持ちがあったのだろう。

クッション役になろうとしてくれたその気遣いはさすがだった。

「正直、『都合のいいようにしか考えられてない』なんて言葉が出てくるとは思いませんでした。なんと言うか、カッコ良かったです」

「どうも……」

「ですが、あれほどの言葉選びができるとなると、女性を上手に言い包《くる》めてホテルに連れ込むスキルもありそうですね」

「ちょ⁉」

「ふふ、冗談ですよ」

「絶対に本気だったでしょ、今」

今の琴葉のセリフを偶然にも聞いてしまったのか、通りかかった男性客からギョッとした顔を向けられてしまう。

見た目も身長も中学生のような女の子が成人男性に下ネタのセリフをかけているのだ。同い年だと知らない相手からすれば、非日常的な光景を見たと勘違いしたことだろう。

「ま、まぁ軽口はこのくらいでそろそろ本格的に食材を選んでいこうか」

「そうしましょう。蒼太さんは自由に動いてもらっても大丈夫ですよ？　私はすぐに消費できるものを、蒼太さんは日持ちするものを購入するかと思うので見て回る位置も変わりますよね？」

「あっ、それは大丈夫だよ。買う商品はもう決まっているし——」

「……」

「……」

「…………」

「え、な、なに？　そんな無言になって」

言葉を続けようとした矢先、なぜか責めるような半目を向けられてしまう。

「蒼太さん。私、人よりちょっぴり身長は低いかもしれませんけど、上段の棚にある商品くらいちゃんと取れますからね。なので取ってくれる役をやらなくても大丈夫ですよ？」

「えっ？　ど、どういう意味？」

「言葉通りです。その証拠に見てください。こ、こうして……っ」

力んだ声を出した後、つま先立ちをして体を伸ばした琴葉は、安定しない体勢で上段にあったミニトマトのパックを取った。

「ほら、この通りです」

「……ん？　あ、あぁ」

低身長が影響し、プルプルさせながら商品を取っていた琴葉だが、難なく取れたと言わんばかりに自慢げに見せつけてきた。

この一連の動作で発言の意図をようやく理解する。

「あのさ、これは言いにくいんだけど……、上棚の商品を取れないんじゃないかみたいな心配はしてなかったよ？　俺。普段から料理当番をしてるってことだから、買い物にも慣れてるだろうし」

「えっ……」

「俺が気にしたのはひよりのこと。もうそろそろ満足して戻ってきそうだから、その時に俺達が揃《そろ》ってた方が楽しく店を回れるんじゃないかって思って。それに琴葉には料理のこだわりとか聞いて学ばせてもらおうかなってね。この機会だからやっぱりいろいろ話したくて」

「……」

完全に目が点になっている琴葉は、大きなまばたきを数回。

「ふ、ふう……。そ、そうでしたか。これはなんて酷《ひど》い勘違いを……」

「ごめんね。説明してなかった俺も悪かったよ」

『この身長でもちゃんと商品を取れる！』と、証明したかった琴葉とのすれ違い。堂々と行動に移した側からすれば完全な失態だろう。

小さな耳がほんのりとした赤色に染まっている。さらにはパッツンに切られた前髪に手を当て、その指と指の間から俺にチラッと視線を向けている。

完全に恥ずかしがっている様子だ。

普段の余裕がある態度とは全く違う。こんなところは年相応ではなく、見た目相応に見えた。

「……」

「……」

と、この雰囲気では料理について聞くことはしばらくできないだろう。

平常心に戻ることを待つ選択を取った俺だったが、その必要はなかった。

泳ぐ魚を見て満足したのか、明るい笑顔を作ったままのひよりがこちらに帰ってきた。

「ただいまですっ！　お魚、元気に泳いでました‼」

琴葉が羞恥に襲われていることなどつゆ知らず、元気のいい挨拶をしてくれる彼女によって上手《うま》く空気が緩和されたのだった。

その後も楽しくスーパーを回りながら40分ほどの時間を使い、一通り買い物カゴに商品を入れ終わった。

向かう先はレジである。

「お会計混んでいるので私がまとめて支払っても大丈夫ですかね？」

「俺が並ぼうか？」

「いえいえ、蒼太さんはひよりちゃんとお話をどうぞ。この機会ですので」

こっそりとウインクを。さっき口にした言葉を返してきた琴葉。こんな提案をされたら甘える他なくなる。

「ありがとう。じゃあお会計は任せるよ。それでなんだけど、レシートはもらってくれる？　俺が買った分は返さないとだから」

「わかりました。忘れずに取っておきますね」

「助かるよ。それじゃあ俺とひよりはレジの先で待ってるから」

入居者には事前に食費を振り込んでもらっているので、朝食や夕食に使う食材や、寮の共有物は返さなければならない。

また、休日の昼食は各自で取るようにと定められている分、琴葉が購入した食材は昼食を食べる人数によって割り勘になっているとのこと。

全員の仲が良いとわかる勘定方法を取っていた。

「蒼太さん、蒼太さん。ここから見るとレジが混んでいるのがよくわかりますね」

「土曜日の昼間だから仕方ないかも。日曜日はゆっくりしたいってことで買い溜《だ》めをするご家庭は多いだろうし」

「考えることはみんな一緒ですね。ひよりも日曜日はベッドでずっとゴロゴロしたくなりますもん！　えへへへ」

「個人的には一番いい休日の過ごし方だと思うよ。ご飯の時間になったらちゃんと下りてくるってのが前提だけど」

「それはもちろんです‼」

ご飯好きなだけあってそこは欠かさないという返事だ。よくよく考えれば彼女が食事の機会を逃すようなことがあれば逆に心配になる。

「あ、琴葉さんどこにいるかわからなくなりましたね……。蒼太さんの身長からは見えますか？」

「それ聞かれてたら怒られるよ……？　『私がちっちゃいとでも言いたいんですかねぇ』みたいに」

「そ、そそそそんな悪気があったわけじゃないですよっ⁉　ほんとです‼」

「あはは、冗談だって」

「も、もううううっ！」

「ごめんごめん！　ちなみに俺からも見えないよ。まぁ、レジに立ったらわかるだろうからその時に移動しようか」

「そ、そうですね……。って、その冗談だけは封印してください！」

ピンク色の唇を尖《とが》らせ、眉をひそめながら怒っているも、全く怖さを感じない。むしろ可愛《かわい》さが増しているような、なんとも不思議な感覚だ。

「正直、俺も思ったとこ——」

いい雰囲気ではあるものの、謝罪を入れながら彼女の言葉に同意しようとしたその時、俺の声は突然遮られることになる。

「えっ⁉ そ、そこにいるのってひよりんじゃない⁉」

「あ、マジじゃん」

「っ！」

少し遠くの方から二人の話し声が聞こえ、それに大きく反応したのは名前を呼ばれたひよりだった。

「あっ、やっぱりひよりんじゃんね、夏美《なつみ》！ うわー、めっちゃ懐《なつ》かしいね！ 中学校以来じゃない⁉」

「元気にしてた？ ひよりは。相変わらずぼけーっとしてそうだけど」

「げ、元気元気！ って、そんなことないよ！」

「あはっ、いいツッコミで！」

俺達の下に、正確に言えばひよりの下にやってきた女子二人。買い物終わりだろう、手にはシールが貼られたお茶のボトルが握られていた。

それなりに仲がいいのだろう、軽口まで飛んでいる。

「変わってないね、ひよりんは！　ちゃんと受験勉強は頑張ってる？　もう残り1年もないよ？」

「うん、大丈夫……。今のところは順調に進んでるから」

中学生以来となると3年ぶりの再会だろうか、会話に間が入ることもなくやり取りをしている。楽しそうな雰囲気に包まれているも、一つだけ違和感があった。

ひよりがこの同級生と顔を合わせたその一瞬、顔を引きつらせたような……、と。

彼女の性格なら大喜びしたり、満面の笑みを浮かべたりしそうだが、その様子がなかったのだ。

無意識に難しい顔を作っていると、彼女の同級生と目が合う。それがキッカケになったように触れられた。

「それでさ、ひよりんの隣にいるのは彼氏さん……？　かなり大人っぽい彼氏さんだね？」

「へっ⁉」

「あ……」

状況的には仕方がないかもしれないが、完全に誤解されている。俺がすぐに弁明しようとすれば、それよりも早くひよりが動いてくれた。

「ち、ちちち違うよ!? 彼氏じゃなくて寮の管理人さん! ひよりが無理を言ってお買い物についてきたの」

「あー! それは失礼しました。ひよりん中学の頃からモッテモテだったから、てっきり彼氏かと思ったよ。慌てた反応もしてたし」

「そ、それはいきなり変なこと言うから……」

「誤解されたくらいでそんな照れなくてもさー。相変わらずウブだねえ。このこの!」

ひよりの肩をグーの手で数回叩《たた》く友達はニンマリ顔でからかっている。中学の頃から弄《いじ》られキャラだったのだろうか。

彼女の容姿に人柄。

モテていたという情報にも納得しながら事を見守っていると……。

「ん?」

今、夏美と呼ばれていた女子から刺すような視線を感じた。……が、顔を向けても視線は合わずじまいだった。

「……ね、そろそろココ出ないとマズくない? 塾に遅刻しそう」

この声を出したのは、俺が違和感を覚えていた夏美からだった。

「ええ？　まだそんな時間じゃなくない？」

「なに言ってんのよ。もう30分もないから。ほら、時間見て」

「えっ、ホントじゃん！　そういえばスーパーに寄った時間も遅かったっけ」

「そ、それじゃあまた今度話そう……？　塾、頑張ってね」

　気を遣ったようにひよりが促す。

「そうだね！　それじゃあ塾いってくるよ。ひよりんバイバイ！」

「またね」

「うん、ばいばい」

　時間が時間ということで別れの言葉が交わされ、俺は頭を下げて見送る。そして、距離が少し離れたところでいきなり夏美が振り返ってきた。

「……あっ、お兄さんちょっといいですか」

「は、はあ。どうしました？」

　目を大きくしながら手招きして呼ばれ、歩いて近づくとボソボソと伝えてきたのだ。

「あのぉ、ひよりを狙うのはあんまりオススメしないですよ。いろいろ問題があるので」

「え？」

「では！」

俺の前でニヤッと表情を変化させた夏美は、足を止めていた友達と共に出口に向かっていった。……もうこちらを振り返ることなく。

「なんだろう、今の……」

スッキリはしない。ただ、深く考えても意味はないだろう。

気持ちを切り替えてひよりの下に向かう。

「そ、蒼太さん。今なにか言われました……か？　夏実ちゃんに」

「いや、特に何も。当たり障《さわ》りのない会話をしただけ」

『いろいろ問題がある』のセリフは気になったが、これはマイナスな言葉。

彼女に伝える意味はない。

「それにしても凄《すご》い偶然だね。まさか中学校の同級生に会うなんて」

「そ、そうですね。ほんとにビックリです。まさか会っちゃうなんて……」

「……ひより、もしかしてなにかあったりした？」

「いえいえ！　そんなことはないです！　……久しぶりに会っていろいろ思い出しただけで……。あ、琴葉さんもレジにいるのでそろそろ袋詰めの準備しましょう！」

「あ、う、うん。そうだね」

話を切ったのはひよりから。なぜかこの話を早く終わらせたかったような、そんな風に女子寮の管理人をすることになった俺、住んでる女子のレベルがとにかく高すぎる件。こんなの馴染めるわけがない。

感じた俺だった。

第五章　女子会とそれから

それから数時間後のこと。リビングには昼食を食べる三人がいた。その三人が話すのはある人物について。

「……仕事熱心よね、広瀬《ひろせ》さんって」

「本当そう思います。すぐに食べ終えて仕事に移ったくらいですから」

「ひより、蒼太《そうた》さんがお仕事サボっているところ一回も見たことないですよ！　一度だけコッソリ寮に入ったことがあるんですけど、その時も一生懸命掃除をしていました‼」

この会話の通り、誰よりも早く昼食を食べ終えた蒼太は管理人室に場所を移していた。

この空間にその張本人がいないからこそ、話題に出しやすいもの。

「美麗《みれい》も少しは心を開いてくれると嬉《うれ》しいのだけどね。時間も経《た》ったし、見るからにいい人なのはわかるでしょう？」

「もちろんです。見た目からも優しさが出てますよね。素性もわかっていることですし」

これはこの場にいる全員が本心から感じていること。蒼太にとってプラスに働いていること。

「あっ、その優しさについてなんですけど、今日蒼太さんの口からいいことを聞くことができたんですよ」

「いいことって？」

「いいこと？」

小雪《こゆき》は当然だが、一緒に買い物についていったひよりがポカンとなるのも仕方がない。

琴葉《ことは》がこの件を聞いたのはひよりがスーパーの魚を見にいった時のことなのだから。

「ふふ。買い物をしていた時のことなんですけど、私は蒼太さんにこう聞いたんです。『美麗ちゃんもひよりちゃんのようになってほしいと思いますか』って」

「えっ⁉　ひよりのようにですか⁉」

比較対象に選ばれた本人はビックリ顔。

「そんなに驚くことじゃないでしょう？　この寮の中で一番接しやすいのはあなただと思うわよ。明るく元気で優しくて。蒼太さんが相手の美麗にはその要素はないもの」

「え、へへ……」

小雪の補足になんとも言えない苦笑いを浮かべるひより。どのような反応を取ればいいいか悩んでいる顔だ。

「それで話を戻すけれど、琴葉は不満を出させることでガス抜きをさせようとしたわけね？」

「さすがはユキちゃん。正解です」

「で、広瀬さんはなんと答えたの？　やっぱり『その通りですね』って？」

「『やりやすいイメージはある』と肯定はしましたね。『コミュニケーションも取りやすい』からと」

「それはそうでしょうね。当然の言い分だと思うわ。ただ、これがいいことではないからまだ話の続きがあるのかしら」

「ですです。その次からの言葉が本題なんですけど、『俺の都合のいいようにしか考えられてないし、相手に寄り添ってるわけじゃないからさ。まずは美麗さんの事情を聞いてからその感情は持ち出さないとね』、と。その他には『女子寮って環境を変えちゃったことには違いないから文句を言いたい気持ちはわかるし、むしろ本当に我慢してくれてる』と言ってましたね。完全に美麗ちゃんの立場になって考えてましたよ」

「あら……」

「そ、そんなことがあったんですか……。みーちゃんのことそう言ってくれるのは嬉しいですね」

「正直、こんな言葉が出てくるとは思ってなかったですよ」

リビングの雰囲気は女子会のよう。このような情報は蒼太の知らないところですぐに広がっていく。

「広瀬さんは美麗への不満を言ったりはしなかったの？　ひよりの反応を見るに、二人きりの時に話していると思うから、いろいろと言いやすい状況にあるとは思うのだけれど」

「それが一つとしてなく」

「わぁ……」

「な、なんだかそこまでいくと怖いくらいに優しいわね……」

「でもそのくらい考えてくれているんじゃないかなって思います！　蒼太さんはほんとに優しい人ですもん！」

こうした会話の中で蒼太の評価は上がっていく。真面目に、誠実に仕事を行っている成果とも言えるだろう。

そして、このような思考に人間性を知れば、相手のことをもっと多角的に見ることができる。

「なんだかその話を聞く限り、蒼太さんが早く昼食を食べ終えた理由って仕事をするためではなくて、美麗が下りてきた時を考えてのことのように感じるのだけれど……。どうかしら」

「……あっ」

「っ！」

一連の内容からこの可能性を提示した小雪に目を見開いた二人。確かに！　と言わんばかりの表情を見せている。

「その方が辻褄《つじつま》は合うわよね。休日のお昼は広瀬さんにとって休憩時間でしょう？　つまり、仕事をする時間でも急ぐ時間でもないからわたし達と同じペースでご飯を食べるのが普通だと思うのよ」

部屋で昼食を食べ終えた美麗がリビングに下りてきたとして、その時に蒼太がいなければ他の入居者と共にリビングで過ごす可能性は高い。

美麗のことを考えているならば、誰よりも早く昼食を完食した理由に繋《つな》がる。

「……ええ。やっぱり美麗のことを考えてくれたとしか。むしろそのくらいのことがないと、琴葉が教えてくれたことは言えないわ」

「……確かにそうなりそうですね」

「となると蒼太さんは隠すのすっごく上手ですよね!?　今の今まで誰にもバレてなかったってことじゃないですか」

「悟らせたくなかったんじゃないかしら。このことがわたし達にバレてしまえば気を遣わせてしまうと考えるでしょうし。何事もなかったように穏便に済ませるのならその選択は正しいわ」

「もっと私達を頼ってほしいところなんですけどね。負担を一人で抱えるのは大変ですから」

「ひよりも頼ってほしいです……。あっ、でしたら今から言いにいくというのはどうですか⁉」

「ひよりの気持ちはわかるけれど、広瀬さんにはきっと考えがあるのよ。まずはその気持ちを尊重しましょう？　本当に追い込まれている時には自然とヘルプも出るでしょうし」

「あっ……。そうですね！　わかりました」

蒼太の考えていることに気づいているのはたった一人。ひよりを止めた小雪である。

彼女は覚えているのだ。出会って初日に聞かされた言葉——、『嫌がることはさせたくない』のセリフを。それに全てが表れている。

入居者に頼ってまで会話しようとの企《たくら》みがバレた時、美麗はどう思うのだろうか。

いい思いはしない。あの性格からはそう判断することができるだろう。

「ふふっ、それにしてもとんでもない方がこの寮の管理人さんになったようね。素敵な方だからこの際に誘惑しちゃおうかしら」

「それはどうかと思いますけどね？　入居者と管理人の立場じゃないですか」

「あら？　その引き止めは琴葉まで狙いを定めていたのかしら。もしかして」

「なんのことですか？」

「ねえひより、琴葉まで狙っていそうだけれどどうする？」

「た、確かにお二人が狙ってもおかしくはない相手だとは思いますけど……って、そこでひよりに振らないでくださいよっ」

と、こんなガールズトークにより一層に会話が盛り上がっていた時だった。

「ごちそうさま。ご飯美味《おい》しかった、琴葉さん」

お盆の上に食べ終わった食器を載せた美麗が二階からリビングに下りてきたのだ。

「おっ！　それはよかった。まだ残りがあるけどおかわりは大丈夫？　どうせならここで食べよ？」

「そうですね！　みーちゃんもまだまだ食べよーっ」

「ん？　あー……。どうしよ。正直、お腹《なか》いっぱいってわけじゃないんだよね」

そこで廊下を振り返る美麗。視線を向けた先は蒼太がいるだろう管理人室だ。

「うんわかった。アイツこないみたいだし」

リビングで食べると決めた基準はそこ。

「そう言えば美麗はよくわかったわね。広瀬さんがリビングにいないって」

「お手洗いにいった時にリビングからアイツの声だけしなかったからさ。片づけるなら今かなって」

「ふふっ、そういうことね」

この発言で蒼太の思い通りに動いていることを美麗以外の全員が知る。だからこそ、言わなければいけないことがあると小雪は考える。

「美麗、わたしから広瀬さんのことについて話したいことがあるのだけれど」

「な、なに？　仲良くしろとか言われても無理なんだけど……」

「事情は知っているからそんなことは言わないわよ。ご飯を食べながらでも聞いてちょうだい」

このように安心させ、冷静な状態で話を聞かせることにするのだ。

＊　＊　＊　＊

「うおっ」

俺がこんな声を出したのは21時を過ぎた夜。飲み水を取ろうと管理人室からリビングに移動した矢先のこと。

「……二人ともお酒に強いんですね。まだ飲み続けているなんて」

テレビの音声が流れるリビングでは、成人した琴葉と小雪が二人でお酒を飲んでいた。

かれこれ2時間以上は経《た》っているだろうか、テーブルにある摘《つま》み物も少なくなっている。

「いえ、わたしは全然強くないわよ。チビチビ飲んでいるだけだから。お酒に強いのはこっちよ」

そのセリフと共に頬杖《ほおづえ》をついて正面を見る小雪。

「はーい、強い方です」

「こ、琴葉か……」

ちょうどワインを飲み終わったのか、ワインボトルのキャップを開けてグラスにおかわりを注《つ》ぎ始めた琴葉。

幼い見た目が影響し、異様な光景を作り出しているが、俺も最近はようやく慣れてきたが、酒豪であることには驚きだ。

何度も思ってしまうのは申し訳ないが、この見た目からは絶対に想像できない。

「蒼太さんも一杯どうですか？　このワイン美味しいですよ」

「広瀬さんまで巻き込んでどうするのよ……。迷惑でしょう」

「それはそうかもですけど、この寮で飲めるのは私達を除くと蒼太さんだけじゃないですか。悪いお話ではないですよね？」

「うーん。お誘いはありがたいんだけど、まだ仕事が終わってないから。ごめんね」

二人の立派な点はお酒の分量やペースをしっかり見極められているところ。ほろ酔い程度にはなっているだろうが、不自由ない会話ができている。

「あっ、そうなんですか。それは残念です」

「一応伝えておくけれど、仕事に影響のない程度のお酒なら飲んでも誰も咎《とが》めないわよ。そこは管理人さんの自由ではあるでしょう？」

「確かにそうですけど、仕事中に飲まないのは当たり前のことですからね。勤務中の飲酒は控えることにします」

「本当に真面目ですよねー、蒼太さんは」

「23歳には思えないわよね。落ち着いていて誠実で。これだから推薦をされたんでしょうけど」

「他人の寮ならまだしも祖母の持ち寮ですからね……。それに母さんから任せられたことでもあるので。普段はこんな感じじゃないですよ」

「それは絶対に嘘《うそ》よ。ね、琴葉？」

「ですね。真面目じゃないところなんて想像できませんよ」

「あはは、ではそういうことにしときますね」

お酒の影響からか、二人の雰囲気が普段よりも緩くなっていた。

「あっ、そうだ。おつまみが足りないのであれば今から用意しますけど、どうですか？」

同い年であるためにいつも砕けた口調で話す琴葉と、年上であるためにいつも丁寧な口調で話す小雪。この二人が一緒にいると言葉選びが少し難しい。

「わたしはもうこれで十分だけれど、琴葉は？」

「できれば甘えたいところですかね。その間にお話しすることができますし、なんと言っても蒼太さんのお料理美味しいので」

「ふふっ、それもそうね」

「わかりました。それじゃあ作りますね。本当に簡単な料理ではありますけど」

今日、買い物にいったおかげでストックされた食材はほとんど把握している。一品、10分から15分程度で作れる即席料理を考えながらオープンキッチンに向かった俺は料理の準備を進める。

「ひよりと美麗さんはちゃんと勉強やってるかな……。受験生だから油断せずに取り組んでるといいけど」

この時間、学生組の二人がリビングにいない理由がこれである。俺が廊下の掃除をしていた時、二階に上がるひよりがその訳を教えてくれたのだ。

「頑張っていると思うわよ。ああ見えても勉強には特に厳しいもの。ひよりは」

「勉強中はスマホを弄《いじ》らないように私達に預けるくらいですもんね」

「えっ？　あのひよりが？」

「ふふっ、普段の感じだと違和感があるわよね」

「みんな同じだと思いますね。これぱかりは」

これは予想外だった。

『勉強疲れたね！　そろそろゲームしよっか！』と、提案。そこから数時間ゲームを続けそうな彼女だが、実際はそうでないらしい。

「美麗ちゃんもやる時はしっかりやるタイプなので気にしなくて大丈夫ですよ」

「二人がそう言ってくれるなら安心できるよ。勉強して損することはなにもないからね」

酷《ひど》い言葉を吐かれようとも大事な入居者であることには変わりない。差別するようなこ とも、態度を変えるようなこともしない。平等に接することは当たり前だ。

「広瀬さんは美麗のこともちゃんと考えてくれているのね」

「……ですね。やっぱりあの時の推理は正しいですよ」

「それは当たり前ですけど……、推理って？」

「もう琴葉ったら……。ごめんなさい。なんでもないわ」

「あっ、そうですか。なにか気になることがあったら教えてくださいね」

なにやら隠したそうな様子に俺はすぐ引く。

琴葉の頭をペチッと叩《たた》く小雪を見れば、誰もが俺と同じような行動を取るだろう。悪い意味で言われていることではないことを感じ取れただけで十分だ。

「広瀬さん、この寮での生活はどう？　少しは慣れてきたかしら」

「そうですね……。ある程度はといった感じです。仕事のことも少しは覚えられるようになりましたので」

普段しない会話に答えながら包丁で野菜を切っていく。大人で集まっているからこその内容だろう。

「……それに楽しいですね、このお仕事は。やり甲斐《がい》を感じることが多いですし、いい雰囲気の寮でもあるので過ごしやすくて」

「みんな仲良いですから雰囲気も良くなりますよね。蒼太さんも関わりやすい人柄ですし」

「琴葉の場合は俺と同い年だからね、まさかの」

「その偶然には驚きましたよ。私がもう1、2歳年上だったら初対面の時にあんな酷い誤解をされることもなかったとは思いますけどね？」

「あ、あの時は本当ごめん……」

見た目に騙《だま》されてしまったことは謝る以外にない。

だが、一つだけ言える。琴葉が1歳から2歳年上でも、同じような誤解はしていたはずだろうと……。

「広瀬さんのその勘違いは酷いわね、琴葉？」

「あれ？　私のことを小学校高学年生だと誤解したのはどこのどなたでしたかね。確か私の目の前にいるユキちゃんだったような」

「っ！　そ、それはもう時効じゃない……」

「えっ、小雪さんそんな間違いしたんですか……。そ、それも小学生って……」

「……今、思い出したのよ」

「あははっ。なんか意外です」

「笑いごとじゃないんですけどねー。私だけは」

お酒が入っている二人だからか、いつも以上に会話が弾む。家族のような優しい空気の中にある団欒《だんらん》は本当に楽しかった。

　意識を集中させなければ料理の手が止まってしまいそうなほどに。

　この談笑は途切れることもなく続いていたのだ。


　それから20分が経った頃。

「お待たせしました。チーズときゅうりの生ハム巻きと、エリンギと小松菜のバター醤《しょう》油炒《ゆいた》めです」

　この料理を二人の前に置く。最初に作ったにんじんのサラダは先にテーブルに出しているため、これで計三品である。

「ありがとうございます。ちょうどサラダがなくなったタイミングです」

「ありがとう、広瀬さん」

「どういたしまして」

　感謝されるのはやっぱり気持ちがいい。無意識に笑顔になる。

「……と、この料理を出しておいてなんですけど、小雪さんはその一杯で最後にした方がいいかもしれません」

　こうして近づいてわかるのだ。先ほどよりも顔が赤くなっていることに。喋《しゃべ》り方が普段よりもゆっくりで、目もトロンとした様子だった。

ただでさえ色っぽさを持ち合わせているにも拘《かかわ》らず、今はお酒のせいでさらに妖艶《ようえん》に見える……。

お酒の影響が出ている時点で、さらには自らお酒に弱いと言っていただけに俺の判断は間違っていないだろう。

「ふふっ、三人でするお話が楽しくて進んじゃったのよね……お酒。なんだかんだでこの三人でいるのは初めてだったから」

「確かにそうですけど……、ユキちゃん珍しい」

琴葉の反応から普段はセーブできていることが窺《うかが》える。

今日、そのストッパーが外れたのが発言通り楽しかったからだとすれば、それはそれで光栄なこと。

「琴葉、これ以上はって感じでお願いできる？」

「はい。任せてください」

お酒を飲ませないように、との合図をここで交わす。明日も休日だが、飲ませすぎは体にも良くないこと。

お酒に強いというだけあって、シラフのような琴葉はしっかりと守ってくれることだろう。

安心した気持ちで料理道具の洗い物をしようと再びキッチンに戻ろうとしたその瞬間声をかけられる。

「そう言えば……、広瀬さんって細身なのに体がガッチリしているわよね。初めて会った時から思っていたのよ」

「あー。そうですね。バイクに乗ってる関係である程度は体を鍛えているんですよ」

「体を鍛えることがバイクに関係しているの……？」

細い眉を真ん中に寄せて首を傾《かし》げている小雪。

「バイクは自分で起こすことができないと乗る資格がないとまで言われているんです。想像はしたくないですけど、車道で転倒した場合、起こすことができないと大ごとにもなりますから」

今乗っているのは中型ではなく大型バイクなのだ。これを起こすことができるようになるには、もちろん筋肉が必要になる。

「なるほどね……。ふぅん……。そう」

この説明に綺麗《きれい》な青の瞳を細めて俺を見つめてくる小雪。

「立派なライダーさんね。広瀬さんは」

「あはは、一応はそのつもりです」

「……」

なにかを考えているような意味深な沈黙。そして、次に言われた言葉がこうだった。

「えっと、広瀬さんはお腹《なか》とか割れていたりするの？」

「……ん？　今なんと言いました？」

「……腹筋よ」

そっぽを向いてボソッと伝えてくる。……突然、変なことを。

「え……？　ふ、腹筋ですか!?　それは少しだけ割れてますけど、そんな自慢できるほどじゃないですよ」

酔いが原因でこんなことを聞いているのだとは思うが、お酒の影響を受けている時点でこの話はグレーだろう。

どうにか話を変えようとすれば、先手を打たれてしまう。

「それ、触ったりすることとかできるのかしら……」

「はい……？」

視線は俺のお腹に。そこからチラッとおねだり顔で見てくる小雪。

「ダメ、かしら？」

「いや、あの……。その……」

普段はこんなことを言うような小雪ではない。そのせいか、全く状況についていけない。ただ腹筋を見たいという気持ちは伝わってくる。

困惑したままでいると琴葉が声をかけてくる。それはもうニンマリとした顔で——。

「とうとう目をつけられちゃいましたねぇ。ユキちゃんに」

「これってどういうことなの？　全く理解が追いつかないんだけど……」

「見せるとわかると思いますよ。お腹」

それだけ言うとひよりに負けないような笑みを見せてくる。そして、視線を変えれば期待した顔の小雪がいる……。

「え？　あ、あの……。見せるのはいいんですけど少しだけですよ？　本当に恥ずかしいので」

「ええ」

「じゃあ、どうぞ……？」

こんなこと言われるなんて初めてのこと。動揺しながら服の裾を握って上に持ち上げる。

「っ」

「わぁ……。本当に割れてますね」

「な、なんでこんな……」

一体なぜこんな時間が生まれてしまったのだろうか……。１秒、２秒と時間が経《た》つ毎《ごと》に恥ずかしさが増してくる。

「も、もう下げていいですよね。下げますね」

「少し待って。少し触らせてちょうだい……」

「やっ⁉　ちょっ⁉」

驚きの反応をして服を戻そうとした途端。

「ッ⁉」

息もつかせぬスピードで小雪が腹に触れてきたのだ。指先だけを使って煽情《せんじょう》的に撫《な》でるように……、無言のまま。

「な、なんだか私も触ってみたくなってきますねぇ……」

「こ、琴葉まで……。って、これ本当にどういうこと⁉」

「今のユキちゃんを見ればわかりますよ」

「こ、小雪さんを……？」

促されたことで俺は見る。そこで気づく。

ポッと顔を赤くしながら手を動かして感触を確かめている小雪を……。

どことなくニヤついているような気もする表情を。

「……」

「……」

凝視したままでいると、いきなり小雪の手が止まった。俺の視線を感じ取ったのだろうか、また上目遣いで見てきたのだ。

「…………」

「…………」

「…………」

俺は喋ることもなく、小雪も喋らない。この光景を見ている琴葉も声に出さない。この無言の時間は何秒間続いただろうか。腹筋に触れていた手をゆっくりと引いていく小雪は顔をどんどんと赤らめていく。

「ご、ごめんなさい。ちょっとお酒が入ってて……」

「あ、いえ……」

もじもじとしているかと思えば頭を下げて謝ってくる。普段がキリッとしているだけにこんなにも弱々しく恥じらった姿は初めて見る。

これがギャップ萌《も》えというのだろうか……。触ってきた相手が相手でもあるために俺までドキドキしてくる。

「蒼太さん」

「あっ、な、なに？」

ここで助け船を出してくれたかのように俺を呼んでくる琴葉。

「いい情報得ましたね。ユキちゃん酔ってしまうと我慢が効かなくなってしまうんですよ」

要領を掴《つか》めない一言。首を傾げれば琴葉は声を出さずに口をゆっくり動かして伝えてきたのだ。

『フェ・ティ・シ・ズ・ム・に』、と。

「……」

一瞬、思考が止まるもツッコミを入れる余裕はあった。

「いやいや、それ全くいらない情報なんだけど」

そこからは無意識に口に出る。……ただ、こんなにも美人でお姉さんの小雪にそんなフェチがあるのはちょっと意外なことではあった。

「はぁ。つ、疲れた……。まさかあんなことになるなんて……」

それから1時間が経った頃だろうか。洗い物を済ませ、管理人室の椅子に座った俺は大きく息を吐いていた。

このようになっている理由は一つ。先ほどのリビングでの出来事だ。

小雪としてはなにも意識していなかったのかもしれないが、あの興奮を誘《いざな》うような手つきはいろいろと危ない武器だ……。

慣れない経験というのはやはり負担になるもの。今日は早く寝た方がいいだろう。

休日とはいえ、朝食と夕食は毎日作らなければならない。早起きをするためにもこの判断は間違っていないだろう。

「って、戸締まりの確認まだしてなかった」

本日最後の仕事が残っていた。これをしないことには今日一日は終われない。

椅子から立ち上がって管理人室の扉を開けようと足を動かしたその時だった。

『コンコン』

「ッ⁉」

扉がいきなりノックされたかと思えば——。

「……ねえ」

俺を呼ぶ誰かの声が聞こえてくる。いや、その声を聞いて誰なのかは判断することができていた。

「ど、どうしたの……？　美麗さん」

ドアノブに手をかけながらその名を呼ぶ。次に扉を開けば、呼んだ名の通り黒の髪に触角をピンクに染めた奇抜な色を持つ彼女がいるのだ。

「え、えっと……？」

鋭い翡翠《ひすい》の瞳に睨《にら》まれる俺だが、なぜか無言で立たれたまま。それでも俺になにか伝えることがあるのか、チラチラとしながらどこか落ち着きがなかった。

「……あのさ」

「どうしたの？」

「まあ……、その……。なんていうか」

「う、うん？」

話が進まない。

それでも焦《あせ》らせずにジッと待てば本題に触れる言葉を聞くことができた。

「……一応、ごめんっていうか……」

「ご、ごめん？　なにがかな？」

小さな声だったが俺の耳にはしっかり聞こえた。『ごめん』の言葉が。ただ、それがなにに対しての謝りなのかが理解できなかったのだ。

「ひ、昼のことだし……」

「お昼……？」

「ん」

短いやり取りで、なんともギスギスした空気……。

「ま、まだわかんないわけ？　アタシを怒らせるためにしらばっくれてんじゃないの。それならマジで許さないいんだけど」

「そ、そんなことないって！　本当に！」

どこか弱々しい態度から、いきなり眉間にシワをよせて、強気のオーラを出してくる。

見るからにイライラを溜《た》めさせてしまっていることは申し訳ないが、もう少し情報がほしいところ……。

「もういい。だからアレのことだって……。お昼の時、ちょっとだけ言いすぎたっていうか……。さ」

「あ、あぁ……。あの時のことね」

「ん。小雪さんと話して、悪かったたっていうか……。そう思ったたっていうか……」

ピンクの触角を人差し指で巻きながら相変わらずツンとした態度。それでもちょっとずつ、ちょっとずつ伝えてくれる。小声ではあるも俺を理解させるために。

仕方なく謝っているような、反省していないようにも取れるが、多分それは違う。

美麗は心に抱えるなにかと闘っているのだろう。その結果が今のような態度を生んでいるのだ。

「わざわざありがとうね。俺は気にしてないから大丈夫だよ」

だからこそ俺から伝えることは一つ。謝りにきてくれたその行動を一番に捉えるだけ。

「フンッ。ならもういい」

「あっ」

吐き捨てるように言うと、彼女は半回転させて体の正面を階段の方に向けた。素っ気ない態度のままだが、よほどのことがない限りこのように話してくることはないような気がする。

「……ねえ」

「っ！　な、なに？」

そこで不意をつかれた。ビックリした。二階に上がる寸前で立ち止まったかと思えば、美麗は俺に背中を向けた状態で話しかけてきたのだから。

「ひよりはさ、アンタにお金返したわけ？　ほら、この前のやつ……。アンタがわっざわざ回りくどいことした朝食のやつ」

「あ、あはは……。その時のことなら『バレてしまいました』って言葉と共に返してもらったよ」

「あっそ」

「…………」

「…………」

この返事から長い間、会話が止まってしまう。それでもその後ろ姿はもぞもぞと動いている。なにかを伝えるために時間をかけているようだった。

俺は急《せ》かすことをせず、ジッと待つ。

「まあ、その……。アレは食べたから。一応」

「うん。それはよかった」

「あと、あんなことはもうしなくていいから。アンタが近くにいなければご飯食べるし」

「それも。わかったよ」

数日前のことだがちゃんと食べた報告をしてくれた。これは俺を安心させるためだろうか。さらにはひよりがお金を返したことを聞いたのは、返していなかった場合に注意するためだろう。

ご飯を買わなくていいと言ったのは俺の労力を減らすためだろう……。

なぜか俺のことを考えて動いてくれている美麗に思わず声が出てしまう。

「……やっぱり優しいんだね。美麗さんは」

「ハ？」

褒めた瞬間、首を回転させて睨んでくるも、俺は怯《ひる》まない。

いや、優しい性格を十分に感じただけに怖さを感じなかったというのが正しいだろう。

「今日はいろいろとありがとう」

「……う、うざ。キモ。調子乗んなクソ。もういい」

「あはは……。それじゃ、おやすみ美麗さん」

「ア、アンタにだけは絶対言ってやんないから。馴《な》れ馴《な》れしくすんな！」

これを最後に、フンッ！　っと鼻息を鳴らして二階に上がっていった美麗。5分にも満たない会話に相変わらずの暴言だったが、俺は満足だった。

そう、相手から歩み寄ってくれたのは紛れもない事実なのだ。

もう一つ言えば、少しだけ関わり方がわかったような気がする。

「ふっ」

この時、思わず笑みが漏れる。今のやり取りが嬉《うれ》しかったのもそうだが、『おやすみ』

の言葉をかけた時、目を大きくして動揺していた美麗を思い出して……。

まさか挨拶をかけられるとは思っていなかったのか、あの時の狼狽《ろうばい》した彼女はどこか拍子抜けしたように、その一瞬だけ素《す》の表情が見えたような気がした。

すぐに敵意のあるような顔に切り替えたものの、顔を赤くしながら反抗した様子は今までないくらいに可愛《かわい》らしく感じた。

＊　＊　＊

「う……」

その深夜だった。ある部屋から夢にうなされた声が漏れていた。

『ねえ、最近のひよりウザくない？　なんかいい子ぶってめっちゃキモいって感じ』

『あー！　それわかる。でもこれってみんな思ってることじゃない？』

頭の片隅にあり続ける忘れられない記憶。それは途切れることなく、過去のやり取りが掘り返されるように続いていく。

『内申点稼ぐために必死すぎて笑っちゃうよ。なんなんだろうね、あのズル賢さ』

『それに顔もいいからモッテモテだしねー。あっ、この話知ってる？　サッカー部のキャ

1
8
15
22
29

プテンがひよりんに告ったたって話』

『知ってる。ってかモテるように立ち回って、告られたら振るとか意味わかんなくない？　なら最初からするなよって話』

『キャプテンのこと狙ってたもんねぇ、夏美《なつみ》は』

『うっさいわ』

『……っ⁉』

この日、最悪なことが起きたのだ。

手洗い場の中。その個室にいたひよりは、ずっと仲良しだった友達からの陰口を聞いてしまったのだ……。

『まあ告白された回数増やしてマウント取りたいだけじゃない？』

『マジでイライラするんだけど。来年は別の学校だしもう縁切ろうかな。あんなヤツと友達とか嫌じゃない？』

『明るさしか取り柄ないしねえ』

『あれ取り柄って言えるの？　明らかに一人だけテンションおかしいじゃん。クラスから完全に浮いてるし。なんで周りの空気読めないのかね』

『っ！』

これ以上はもう聞きたくない！　その思いで耳を塞ぐが、完全に声を遮断できればここまで傷を負うことはなかっただろう。

『ウケてるのがわかってるからじゃない？』

『なんであの演技に騙《だま》されるんだか……。目障《めざわ》りだからでしゃばらないでほしいわ、本当。あのうるさい性格だけでもウザいのに』

『いつか気づくと思うよ。周りからどう思われてるかってことに』

『気づくわけないでしょ。バカじゃんアイツ』

『アハハッ、だから明るいのかもね』

「――っ‼」

頭の中いっぱいに響く声で夢から目覚めたひより。声は出ず、体は震えていた。

「はぁ、はぁ……。ゆ、夢……？」

おでこには冷や汗が流れ、息すらも切れていた。この時刻は3時過ぎだった。

第六章　ひよりの違和感

それから数日が経《た》ったある日のこと。

「あっ、もうこんな時間⁉　あれ、ひよりは……」

現在の時刻は朝の6時45分。

起床後、仕事に勤《いそ》しんでいた俺は時計を見て冷や汗を流していた。

「ヤッバいなこれ……。うっかりしてたなぁ」

普段から朝6時30分までにはリビングに顔を出して朝食を食べる彼女だが、今日はまだ一度も姿を見せていなかったのだ。

考えられることは一つ、寝坊である。

最近、『用事がある』という美麗《みれい》は彼女よりも早く登校している。こうした理由もあり、このうっかりが生まれてしまった。

「とりあえず起こしにいかないと……」

後頭部を掻《か》きながら廊下に向かっていく。本人から『一人で起きます！』との申告はあったものの、注意をしていれば防げた事実に罪悪感が襲ってくる。

そんな時だった。

『ダダダダダダダッ』

二階から騒がしい足音が聞こえたと思えば、階段を駆け降りてくる足音が近づいてくる。

「や、ややややややばいです蒼太《そうた》さんっ！　二度寝してしまいました……！　これは遅刻レベルです‼」

さらには廊下からの大声。次にリビングに顔を出してひよりが報告してきた。

「聞こえてるよ。って、ん？　なんか顔色が悪いような気がするけど大丈夫？」

「は、はい！　平気です！」

「それならいいんだけど……」

声色やテンションは普通通りだが、目元にはクマができている。普段遅刻するような彼女でない分、この状態を見るのはなにかと不安になる……。

「えっと、ご飯を食べる時間はありそう？」

「食べたら遅刻してしまうので……っ。作ってくれたのに本当にすみません！　で、では学校にいってきますっ！」

「ちょ、ちょっとストップ！　落ち着いて」

「はいっ⁉」

急いで玄関に向かっていく彼女を間一髪で止める。管理人として朝ご飯を食べさせず、身だしなみも整えさせずに送り出すのは褒められるべき行動ではない。

こうなったのは周りを見ていなかった俺にも原因はある。

「俺のバイクでよかったら学校まで送るよ。ちょっとは目立つと思うけど、それさえ我慢してくれたら」

「へっ⁉　でも、それだと蒼太さんに迷惑が……」

「別に迷惑とかじゃなくて、俺が送りたいだけ」

急いだまま登校するとなると確認不足からの事故の心配もある。このリスクを減らすためにもここは送るのが一番だろう。

「ほ、ほんとにいいんですか……？」

「もちろん。だからとりあえず身だしなみを整えてきて。その間におにぎりも握っとくから、朝ご飯の代わりに学校で食べてよ」

「あ、ありがとうございますーっ！　ほんとに助かります‼」

「とりあえず靴下も履き忘れてるからそれも一緒にね」

「わわっ⁉」

遅刻の現実に頭が真っ白になっていたのだろう。当たり前のことを忘れてしまっている。

「あと追加でお願いしたいことがあるんだけど、バイクに乗るから安全を考えてスカートからスラックスに着替えてもらえる？　学校指定のやつがあると思うんだけど」

「ありますっ！　ではすぐに着替えてきます！」

「あんまり慌てないようにね」

慌てた彼女がおっちょこちょいになるのは初日に知っている。また下着を見るような事件を作らないために声を張る。

無事、二階にまで上がった足音をリビングで聞いた俺は朝食の代わりのおにぎりを握っていく。

ひよりに作ったご飯は俺が食べることにしよう……。

「蒼太さんお待たせしました！　あ、あの……ひよりのおにぎりはちゃんとありますか⁉」

ドタバタから10分。先に準備を終わらせた俺はエンジンをかけたバイクに跨《また》がって待機していた。そこに学生カバンを背負った彼女は玄関口からこちらに駆けてくる。

「そ、そこで遅刻の心配しないんだね……あはは。ちゃんと持ってきてるから学校についた時に渡すよ」

「あ、ありがとうございますっ。そ、それとすみません！　もう一ついいですか！」

「なに？」

普段通り元気いっぱいの彼女は朝から騒がしい。次から次に質問が出てくる。

「ひよりのこの格好……、変じゃないですか？　似合っていると思います？」

「俺は似合ってると思うけど」

スカート姿を見慣れているばかりに少し違和感はあるが、変なところは見当たらない。

「ほっ、それならよかったです。実はスラックスを穿《は》くのは初めてなので馴染《なじ》みがないといいますか……」

「え？　高校三年生なのに初めて？」

「みーちゃんは時々穿いてるんですけど、ひよりはずっとスカートなんです」

「へえ。俺がどうこう言えるわけじゃないけど、着ないのはもったいないと思うけどなぁ。可愛いのに」

「あ、ありがとうございます……。は、はい……」

「そこは軽く流してくれないと俺まで恥ずかしくなってくるんだけど」

「今のところは無視してくださいよぅ……。男の人に褒められるのは慣れてないんですから」

耳まで真っ赤にしながらの言い分。

両手の指を重ね合わせる彼女は俯《うつむ》きながらお礼を言ってきた。

「っと、その話はこのくらいでそろそろいこうか。はい、ヘルメット」

「あっ、ど、どうもです。えっと、これはあごひもを出してから頭に被《かぶ》るんですよね？」

「そうそう。整えた髪が少し崩れるのは申し訳ないけど、安全には代えられないから我慢してね」

「もちろんです！　では被りますね……。なんかドキドキします」

「早く被る」

「はいっ！」

バイクに乗れるワクワク感があるのだろう、マイペース気味にカポッとヘルメットを被った。

「視界を確保できるようにヘルメットを調整したあとにあごひもを締める感じで」

「えへへ、できました！　完璧ですっ」

「うん、大丈夫そうだね。それじゃあ学校いこっか。後ろに乗って」

後部座席を片手で叩《たた》いて、場所を示す。

「っ！　今思ったんですけど蒼太さんとかなり距離が近いんです、ね……？」

「バイクだからね。……ん？　もしかして嫌？」

「そんなわけじゃないですよっ⁉　た、ただ……」

「ただ？」

　なにやら恥ずかしそうにしている。それでも乗らなければ遅刻するという状況が気持ちを切り替える要因になったのだろう。

「な、なんでもないです！　では跨《また》ぎます！」

「どうぞ」

「あの……、絶対に重いとか言わないでくださいね？　乗った時に倒れたりしないでくださいね？」

「そんなに心配しなくても大丈夫だって。ほら、早く」

「で、でででは乗りますっ！」

　緊張しているのか深呼吸を二回挟んだ彼女は、スッと片足を上げて難なく後部座席に跨がった。体が柔らかく運動神経もいいのだろう。

　モタつくと思っていたばかりに驚きだった。

「えっと、足置きの説明をするけど、そことそこね。くれぐれもその銀のところには触れないようにね。やけどしちゃうから」

「っっ‼　わ、わかりました……。気をつけます……」

「あはは、そんな怖い顔しなくても基本は当たらないから大丈夫だよ。他に注意すること

と言ったらあんまり動かないようにってことくらいかな。お地蔵さんになるスタイルで」

「お、お地蔵さん……。は、はい。頑張ります」

「少しくらいは身動きしても運転には大して問題はないから。じゃ、バイク動かすよ」

足の置き場と注意箇所を伝え、しっかり守っていることを確認した俺はハンドルを両手

で握ってバイクを前進させようとする。そこで注意点をもう一つ思い出した。

「おっと。俺の腰を摑《つか》んで、ひより」

「うえっ⁉　腰ですか⁉」

「そうじゃないと振り落とされる危険があるから」

誤解のないように。俺に下心はない。彼女の命を預かっている自覚があるからこそ、真

剣に言える。

「で、ですね……。で、では腰を摑みます……」

「うん」

「つ、摑みますよ……？」

俺の腰を掴もうと手を前に出すも、すぐに引いたりして時間をかけている彼女。頬を染めてピンクの唇を強く結んでいる。

「もう！　そんな怖がらなくても怒ったりしないって」

「こ、怖がってないですよっ！　ほ、ほほほほら掴めました！」

そのセリフを証明するように、勢いのままに腰を両手で掴んできた。これで前進の準備が全て整った。

「よーし。じゃあ出発！」

「は、はひっ⁉」

初動で大きな振動が加わる。

アクセルを開けてバイクを前進させた瞬間、後ろから可愛《かわい》らしい声が聞こえてきた。

その声はスピードを上げるにつれて大きくなっていた。

加茂藤《かのふじ》女子学園。ここが美麗とひよりが通っている女子高校だ。

正門からバイクで敷地《しきち》内に入る俺は、前にいる車の動きを真似《まね》するように円を描いて進むと、その先に第一校舎の玄関口がある。

あそこが送迎車両を停車させる場所になっているようだ。

「わかっていたけど本当に女子ばかりだな……。視線が凄《すご》い……」

加茂藤女子学園が近づくにつれ、制服を着た女子学生が次々と見えていた。

そして学校内に入ればその母数も増え、学生から視線が束になって突き刺さる。中には立ち止まってこちらをガン見している学生もいる……。

「た、たくさん見られてますね……」

「その理由なんだけどさ、ひよりが俺に抱きついてるのが原因じゃない……？　どう考えても」

「し、しし仕方ないじゃないですか！　だってジェットコースターみたいだったんですもん！　腰を摑むだけじゃ簡単に振り落とされてましたよっ」

「ほ、ほら。もう減速してるからそんなに抱きつかなくても……」

俺には誰にも言えないことが一つだけある……。

今、彼女が力強く抱きついているせいで、柔らかいものが背中に押し付けられていることに……。

気にしないようにしているものの、後ろで身動きを取っているためにどうしてもその感触が伝わってくる。

「動いてる間は怖いんですよ……。最後まで責任取ってもらわないとだめです……」

「わ、わかったからできるだけ体を動かさないで」

彼女が動くだけ押し付けられた胸の形が変わっているような気がする……。

我慢して運転を続けていればようやく第一校舎の前に着いた。先ほどと同様、歩道側からの学生達の視線は途切れたりはしていない。むしろ増えているのは気のせいじゃないだろう。

「ひより、降りていいよ」

「ふ、ふわぁ。やっと足がつけます。バイクは絶叫マシンだということが今回でわかりました……」

「それは残念」

「でも、ほんとにありがとうございました。送ってもらえたおかげでなんとか間に合いました」

お礼を言ってバイクから降りた彼女。

あごひもを外し、ヘルメットに手をかけて顔を露《あら》わにしたその瞬間だった。

「えええっ!?　あれ一組のひよりちゃんじゃん！」

「うっそお、ってマジだ！」

「イカした登校してるなぁ……。バイクだよバイク！」

いきなり騒ぎ出す歩道側の女子学生達。騒ぎ気味のその声は聞き耳を立てるまでもなく聞こえている。

「バイクで二人乗りって……。しかもあの運転手さん絶対男の人じゃん！」

「なんかめっちゃスタイルよくない……？　スラッとしすぎでしょ」

「あれって彼氏⁉　彼氏⁉」

「ううう、ヘルメットで顔が見えないいいいぃいい……」

どうしよう。今度は俺に注目が向いている。もちろんここは聞こえていないフリだ。

「ひより、忘れものはない？」

「忘れ物……。あっ！　蒼太さんのおにぎりもらってないです」

「あっ、そうだったね。バイクの後ろに付いてる箱、トップケースって言うんだけどその中に入ってるよ。ヘルメットはそこに仕舞ってくれる？」

「はいっ」

ハキハキとした返事をするとトップケースを開け、おにぎりポーチとヘルメットを交換して入れた。食べ物を見て嬉《うれ》しそうな笑みを浮かべている。

「……じゃ、後ろに別の送迎車もきたから俺は帰るね。学校頑張って」

「ほんと今日はありがとうございました。また寮で」

「うん、気をつけて帰ってきてね」

その別《わか》れ際《ぎわ》、手を振られ、振り返せば彼女は背を向けて昇降口に足を向ける。

「……ん？」

その時、一瞬だけ表情が重たげに変わったひよりを見たような気がした。

バイクを少し進め、昇降口に入る彼女の後ろ姿を最後に確認すれば特に違和感はない。

「……」

このように感じ始めたのはいつ頃だろうか……。琴葉と三人であのスーパーにいった時
……？

なんとなく嫌な予感がする。これが正しかったことには後日気づくことになる。


それから、ひよりの送迎は2日から3日に一度のペースで続いていた……。

言い換えるのなら俺の送迎がなければその周期で遅刻をしているということ。

この状況を見れば彼女がバイク移動の楽さを覚え、甘えていると捉えることもできるが、
俺はそんな風には感じられなかった。

「なんか日を追うごとに顔色が悪くなってるような気がするんだよなぁ……。なにか悩みごとでもできたのかな……」

俺が彼女を起こしにいかない理由がこれ。負担をかけさせるようなことを控え、睡眠に時間を取ってほしかったのだ。

元気な姿を見せてくれてはいる。声色も食欲も特に気になってはいない。それでも、言葉にできない違和感がある……。

時期がくれば治る。なんて気持ちも持っていたが、数日間経《た》っても改善は見られないのだ。

「とりあえず情報を集めるか……」

時計を見れば17時。そろそろ寮に帰ってくる入居者を俺は知っている。その相手は寮内で一番仲の悪い相手と言ってもいいだろう。

そこから数十分が過ぎただろうか、玄関のドアが開く音が聞こえてくる。すぐにリビングから玄関に移動する俺はいつも通り出迎えをする。

「おかえりなさい、美麗さん」

「ん」

『ただいま』＝『ん』と、なんとも適当な返事をされるが、暴言以外の言葉を返してもらえるだけでも十分である。

「あっ、ちょっと待って美麗さん。一つ聞きたいことが……」

「フンッ」

拒否を示す鼻息だ。ローファーを靴箱に入れて廊下に上がれば、ツンとした態度で俺の横を通り抜ける。

このままではあの件を話すことができないのは明白。半ば強引に本題を入れ込んだ。

「その聞きたいことはさ、ひよりについてだから」

「ハ?」

この名前を聞いた美麗はピタリと立ち止まった。が、俺と会話したくないオーラが滲《にじ》み出ている。嫌悪《けんお》に溢《あふ》れたような我慢顔でこちらを見てくる。

ひよりのことじゃなければ、美麗は耳を貸すことをしなかっただろう。

「で、ひよりがなんなの?」

「最近、俺がひよりを学校まで送ってること知ってるよね?」

「知ってるけど」

抑揚のない声に冷たい態度だが、会話ができれば問題はない。

「早く寮を出てる美麗さんは知らないと思うけど、最近のひよりって寝坊が多いんだよね。それこそ送らないと朝課外に間に合わないくらいに」

「……ん」

「それでその寝坊なんだけどさ、どうやら気が抜けてるわけじゃなさそうなんだよね。説明はしづらいんだけど、感じたことを言葉にするなら無理して普段通りを装《よそお》ってる……。みたいな」

「……」

普段は会話すらままならない美麗だが、この時は黙って俺の言葉を聞いてくれる。

「最近はひよりが寮に帰ってくるのも19時とか20時前だし、美麗さんが知ってる情報があれば教えてほしくて」

いきなりこんなこと言われても信じてもらえないかもしれない。しかし、掴むことができないモヤモヤがあるのは事実。

なんとか情報を伝えた俺だったが、それは美麗の琴線に触れることだった。

「……まぁ、学校で負担がかかってないことはないかも。同じクラスじゃないから詳しくは知らないけど」

「負担？」

「ひよりってばクラスの委員長だから周りから頼られたり、自分から協力してるみたいな。見ればわかると思うけど尽くすところは全力で尽くすタイプだし」

ここで初めて聞くことができた。ひよりの学校生活を。

「それにほら、優しいから誰にも迷惑かけようとしないし。だから体調を崩してても心配かけないように元気を装ってても不思議じゃないかな。新学年でクラスも違うから慣れるまで気苦労するだろうし」

「簡単に言えばキャパオーバーしてるってこと？」

「可能性としての話。頑張り屋だから勉強もサボらないし、力の抜きどころを知らないからさ。それ以外のなにかが重なったせいで今のようになってるかもだけど」

「なにかが重なった……、か」

「とりあえずアタシが直接聞いてみるから。一応、琴葉《ことは》さんと小雪《こゆき》さんにも」

「あっ、その二人には今朝聞いて、特に違和感はなかったらしいから。ありがとうね」

「なに言ってんの？　別にアンタのためじゃないから礼とかいらないんだけど。ってか、もう用件終わったでしょ？　キモいからもうどっかいって」

「あ、あはは……。わかったよ」

順調に会話ができたと思えばこれである。ただ、美麗から話を聞くことができて少し前進した気がした。


その後、時計の針が19時20分を示した時、ひよりは帰宅した。

そして、出迎えた俺にこう言ったのだ。

「すみませんっ！　明日こそちゃんと起きますので！」

満面の笑顔に明るい声だったが、どこか覇気のないような様子で。

＊　＊　＊　＊

キーンコーンカーンコーン。学校のチャイムが鳴り響く教室。

「──と、帰りの会は以上になります。部活動がある生徒は頑張って、用事がない生徒は気をつけて帰宅してください。先生の話は以上です。それでは委員長のひよりさん、号令！」

「起立。気をつけ。ありがとうございました！」

「ありがとうございましたー」

号令でクラスメイトが続く。これにて今日の学校も終わり。放課後に入り、自由な時間がひよりに訪れるがすぐに帰ることはできない。

「ひよりちゃーん、ばいばーい！」

「委員長お疲れ様ー！」

のだ。


「お疲れ様〜。今日の会議頑張ってね！」

「うんっ。みんなもお疲れ様！」

　この会話の通り、彼女はクラスの委員長として全校会議に出席しなければならなかったのだ。

　クラスメイトのみんなは部活があったり、遊ぶ用事があったり、塾があったりとすぐに教室は静寂さを増していく。

　会議開始は25分後。この時間を無駄にしないように机から教科書、ノート、筆記用具を出して授業の復習を始めていく。

　教室に残っているクラスメイトの大半がお喋《しゃべ》りをしているが、その輪に入ることなく自分の世界を作っていた。

　これはほぼ毎日のことで、ここ数日に限っては睡眠不足からくる倦怠《けんたい》感に頭痛に喉の痛み。風邪気味の症状がバレないように……。

　明るいことが取り柄。これを崩さないように、誰も心配させないように。

　こんな意思があるために彼女の異変になかなか気づくことができないのだ。

「ん？」

　そんな状態でふと、顔を上げてみれば一人の友達が大急ぎで黒板消しを行っていた。ひよりはこんなところを見過ごせない性格なのだ。

「あれ？　そんなに急いでどうしたの？」

椅子に座ったまま友達に問いかけると早口で返ってくる。

「あっ！　ちょっと部の顧問から呼び出し食らってさ！　放課後になるまでにクラス日誌も書いてなかったからマジでやばくて！」

話を聞いて状況を理解する。そこからは考えるよりも先に声が出ていた。

「ぁ……、それなら残りはひよりがするから部活にいっていいよ！」

「えっ、いいの⁉　確かひよりって委員会の仕事もなかったっけ？」

「委員会はあるけど残って勉強するつもりだから平気！」

「マジで⁉　それ本当ありがと‼　日誌は今さっき書き終わったから、残りが黒板消しと教室の掃除の二つなんだけど大丈夫そう⁉」

「もちろん！　部活頑張ってね」

「本当ごめんね！　恩に着る！」

「どういたしまして」

笑顔を浮かべて教室から出ていく友達を見送る。

誰かが困っていたら助ける。これがひよりの心がけていること。

困っている人を見るのは胸が痛むのだ。大変そうだな……、と。その胸の痛みを無視できないために手助けを申し出、感謝されるとその痛みが解消した上に心が温まる。自分も幸せな気持ちになる。自分のためにもずっとそうして過ごしていたが、最近になって悪いことを思い出してしまう。

『内申点稼ぐために必死すぎて笑っちゃうよ』

『明るさしか取り柄ないしねえ』

『あのうるさい性格だけでもウザいのに』

数日前。あの陰口を言っていた人物と出会ったことで、古傷が開いてしまったのだ。

その結果、今になってこの言葉が重くのしかかっていた。素直な性格だからこそ、全部を受け止めてしまうのだ。

どうしようもない悩みに、解決しようもない状況に無表情のままペンを動かしていた手まで固まってしまう。

「……あっ」

いつの間にか時計を見れば会議開始が7分前に迫っていた。

「それじゃあひよりは会議にいってくるね。教室の鍵はそのままで大丈夫だからっ」

「ほい。教卓の上に置いとくねー！」

「うんっ！」

この学校では教室の鍵は最後の人が施錠《せじょう》し返還するルールになっている。このあと用事がある彼女にとって必要な声かけだ。

「よし、頑張らなきゃ……」

その言葉を最後に、教室を出ていく彼女。

美麗が言っていた『力の抜きどころを知らない』、はこんなところを掬《すく》った言葉なのだろう。

「ふぅ……。やっと終わった」

会議、そして日直の代わりも終え、その後に一人で勉強もして、これでやっと寮に帰ることができる。

それでも、彼女はすぐに動かない。席に座って疲れた体を休めていたのだ。

「ん、んんっ……。体が重いなぁ……」

一人っきりの教室に漏れるのは喉のイガイガを治すような咳払《せきばら》い。さらには疲れを吐き出すような息……。

こんな姿をさらけ出しているのは一人きりの空間だから。誰にも見られていないから。

今日もまたこの教室で疲れを癒《いや》し、体を立ち上がらせると教室の施錠をして、鍵を返すために別校舎にある職員室に向かっていく。

廊下の窓から見る外は暗く、月も浮かんでいる。

足音を鳴らしながら三階から一階に下り、職員室に鍵を返して正門に向かって歩いていく。

教室で一人休憩を取っていたことで、時刻は18時50分ともう遅い時間。

「こほこほっ、うぅ……。今日は寒いなぁ……」

咳《せ》き込み、両腕をさすりながら身を縮こませながら帰路をたどっていた。

だが、現在の気温はそこまで冷えているわけではない。ひよりの体調の悪さが影響しているだけなのだ。

足取りが重く、体は倦怠感が襲っている。頭もぼーっとした感覚に襲われている。顔色も悪く、気持ち悪さを我慢するように表情を歪《ゆが》ませたりしているほど。

「熱、出ちゃったかな……」

高校生にもなれば自身の体がどのような調子なのか、ある程度わかること。ひよりが判断したのがこれ。

寮に帰れば大好きな夕食も待っている。それでも彼女には食欲すら湧いていない。早く体を休めたい気分だった。

「無理、しすぎたかな……。夕方くらいまでは平気だったのにな……。最近、眠れなかったからかな……」

彼女が初めて漏らした弱気の声。それは我慢の限界が近いこともあり、一人だからこそ。

「あと、少し……あと少し……」

自分を応援しながら歩き続けること20分。やっとのことで寮まで辿り着く。

ここで彼女にはもう一つやることが残っていた。

玄関ドアを開ける前、数十秒体を休ませる。それはいつも通りを振る舞う余力を作るかのように――。

「ただいま帰りましたーっ！」

そして、寮のみんなに心配をかけないよう元気を装《よそお》って挨拶するのだ。

「お！　お疲れ様ひより。学校頑張ってきた？」

「は、はいっ。もちろんです」

「もうご飯できてるけど食べる？　その時にちょっと相談したいことがあるんだけど」

「あ、あぁ……。連絡できなくてすみません！　実は今日、お外で食べてきまして……」

「えっ？　そ、そうなの？」

「そうなんです。なので今日の夕食は明日《あした》の朝ご飯にしてもいいですか……？」

「わ、わかった。それじゃ冷蔵庫に入れておくよ」

「ありがとうございます。それではひよりはお部屋にいきますね。今日も勉強しないとなので」

「あ、うん……」

蒼太との話を半ば強引に終わらせた彼女は、笑顔を見せて二階に上がっていく。階段を上がる途中、後ろを振り向くことなくキツそうな表情を独りでに浮かべて……。

部屋に入ればカバンを下ろし、明かりをつけることもなくベッドに倒れこむのだ。

「はぁ……。うぅ、きつい……」

制服を脱ぐ気力もなく、横になったまま体を休める。もうお風呂《ふろ》に入る力も残っていないほど熱に冒されていた。

体調を無視して友達のために無理をし続けたのだ。こうなるのは自然なことで、こんな学校生活を毎日のように過ごしている。

だが、これが最適解だと思っているひよりがそこにはいるのだ。

＊　＊　＊

「蒼太さん、ひよりちゃんの様子はどうでしたか？　なにかおかしな点、ありました？」

「接した感じはいつも通りだったけど、なんかやっぱり違和感があったような感じだったよ。今日はあからさまに避けられたっていうか」

帰宅後のこと。琴葉は眉根を寄せて俺に聞いてきた。リビングには小雪の姿もある。

「いつも通りを装《よそお》ったんじゃないかしら。あの子は心配させないようにするところがあるから」

「――ねえ、ひよりの部屋電気ついてないよ」

そして、率先して部屋を確認してきた美麗が報告してくれる。この話し合いが作られたキッカケは今朝、俺が彼女の様子を聞いたから。

「えっ、勉強をするって言ってたからそれはおかしいな……」

「……」

「……」

「……」

全員が今の状況を確信したように口を閉じる。俺の言い分が決め手となった。

「これ、どうします？　体調悪いとなると私は様子を確認した方がいいような気が」

「それは一理あるけれど、今日は変に首を突っ込まない方がいいんじゃないかしら。電気が消えているとなると寝ているでしょうし、起きた場合に負担をかけることになるわ」

「二人の意見は間違ってないよね。んで、アンタはどうなのよ。こんな時の管理人でしょ」

美麗から強い視線で促される。だが、俺に迷いの意見はない。

「とりあえず軽くノックをしてみて、返事がなければ今日は一人にしておいた方がいいと思う。だけど様子見も大事だから、もしもの時に対応できるように俺が夜中まで起きておくよ」

「えっ、それだと蒼太さんに負担が……」

「広瀬《ひろせ》さんそれは……」

成人組の琴葉、小雪が止めようとするが――、その声をスッパリ切るのが美麗であった。

「いや、実際それが一番の安全策でしょ。頼りたい時に頼れないとか絶対ツラいし」

「美麗さんの言う通りだね。それに俺がそうしたいことだからみんなは気にすることないよ。夜更《よふ》かししてもここに勤めてるから特に問題ないし」

「蒼太さん……」

「琴葉、ここは甘えましょうか」

「そうそう。コイツは管理人だから昼寝できないことはないし、アタシ達と違って夜更かししても大して問題ないでしょ」

「もしかして美麗さん、俺のこと心配してくれてる？」

「ハ？　なにが？」

「ご、ごめん。今のなしで」

小雪と琴葉が前にいるからだろうか、恐ろしい言葉は出てこなかったが、殺し屋のような目を向けられる。『殺すよ』と言わんばかりのオーラだ。

「それじゃ、ひよりの部屋をノックしてくるよ。あとは俺に任せて」

彼女の様子に確信がない分、返事があるかないかで今後の対応は変わってくる。

そこから二階に上がって部屋のドアをノックすれば……、返事は聞こえなかった。

「……」

彼女への心配が振り切れた瞬間だった。

状況が動いたのは日を跨《また》いだ数時間後、早朝の6時前。

「……蒼太さん、おはようございます」

「おはよう、ひより」

いつも通りに朝食を作っていると彼女が下りてくる。

朝風呂《あさぶろ》に入ったのだろうか、栗《くり》色の髪は湿り気があり、ふらふらとした足取りで、顔を赤くした様子。

熱を隠しきれていると思っているのか。……いや、これでも普段通りを振る舞おうと全力を出しているのだろう。

この状態に驚くことはない。これは昨晩から予想できていたことなのだから。

「それじゃあひより、まずは熱を測ろうか。体温計は用意してるから」

「っ、な、なんでですか。今日に限って……」

「説明する必要がないのは自分が一番わかってると思うけど。もしこれで間違っているなら謝るよ」

「……」

「じゃあ椅子に座って。立ったままだとキツいでしょ？」

「へ、平気です。それにお風呂に入ったばかりなので絶対に高いです……」

「なるほどね。体温を誤魔化すためにもキツい体でお風呂に入ったわけか。そんな無理したら意味ないって」

「無理してるだなんてそんな……」

弱々しく、涙目の彼女を責めるのは心苦しいが、今までの対応から必死に抵抗してくることはわかっていた。

ここで俺が譲るような真似《まね》をすればきっと後悔する。管理人としても適した対応をしていないと言える。

「いや、今の様子は明らかにおかしいでしょ。昨日、勉強するって言ったのに部屋の明かりもついてなかったし」

「よ、夜中に起きました。仮眠をしたんです……」

「部屋からは明かりが漏れてなかったけど、本当に夜中に勉強したの？　俺、夜はずっと起きてたから嘘《うそ》は見抜くよ」

「っ⁉」

この時の表情や声色は、ひよりに怖さを感じさせているのかもしれない。しかし、無理をさせるわけにはいかない。それほど真剣に向かい合っていた。

「熱を測りたくないなら測りたくない理由を言って。お風呂で体が温まっているならその熱が冷めたタイミングで測ればいい」

「……」

言い逃れができるはずがない。いや、元より彼女はそうわかっていたのかもしれない。

「いやだから……、測りたくないです」

熱のこもった顔でぼそりと呟《つぶや》いたのだ。拒否の言葉を。

「もし測ったら、蒼太さんは学校にいかせてくれません……」

熱がありますと言わんばかりのセリフだが、こんなにもフラフラしていれば自己判断でもわかるだろう。

「熱の時に無理をさせる管理人はいないよ」

「わかっています……。だから、ひよりは測りません……」

熱を測らなければその証明ができないことを逆手に取った方法。

普段、素直な彼女がここまで意固地になるのは珍しい以外にない。

「……逆に聞くけどさ、ひよりはどうしてそこまで無理をするの？　いいことじゃないのはわかってるでしょ」

「そ、それは……。あ、明るいことがひよりの取り柄だからです……。だ、だからお友達に風邪を引いただなんて思われたくないんです。心配もかけちゃいます……。それに、今日は委員会会議で話し合ったことを説明しないといけません」

「そんな意固地にならなくても……。その仕事は代わりの人、もしくは担任の先生がしてくれるでしょ？　ひよりが絶対にしなければいけないない仕事じゃないし、ひよりがするべきことは体を休めることだよ」

我ながら酷《ひど》い言葉をかけていると思う。声を出すごとに胸が痛くなるが、これも彼女を守るために必要なこと。

「もちろん、ひよりの気持ちはわかるよ。ただ、熱が出てることに気づいた以上は見過ごすことはできない」

「……」

こう言っても納得した顔をしてくれない。

意固地になった彼女の説得は難しいものがある。無意識に眉間にシワが寄る。そんな中、次なる手を考えていたその矢先だった。

「え」

「ど、どうしたんですか？」

「ご、ごめん。なんでもない」

予想外の光景を目撃してしまい、思わず呆《ほう》けた声をあげてしまった。

いつの間に下りてきたのだろうか、リビングと廊下を仕切るドアのガラスには三つの顔がこちらを覗《のぞ》きこんでいたのだ。

その人物こそ美麗、琴葉、小雪の三人……。みんなひよりのことが心配だったからこそ早起きという計画を立ててもしもの時に対処しようとしていたのだろうか。

三人がこちらにこない理由は彼女を気遣ってのことに違いない。

今、出てきたりすれば、ひよりが心配させた、ひよりのせいで早起きをさせてしまったなんて考えると判断したからだろう。

俺は見守っている三人にこっそり視線を合わせて頷《うなず》く。いい案を思いついたからこそ、『ここは任せて』と伝えるように。

「あのね、ひより。これだけは落ち着いて聞いて」

「はい……」

「俺は別に熱があるから学校にいかせないわけじゃない。ひよりが普段通りに振る舞える余裕があって、学校にいける状態ならちゃんと送り届けるよ。受験には高校の出席日数も関わってくるし」

「……」

「でも、それは今の状態に当てはまってないでしょ？　その姿を友達に見せる方が心配させない？　迷惑かけない？　もっと言えば入居者のみんなにまで同じ思いをさせない？」

「……」

「それがわかったら今日は休もう？　正直、俺が心配でたまらないよ。ゆっくり休んでいつもの元気な姿を見せてほしい」

まだ納得していない表情。

「それなら想像して。今のひよりに入居者のみんながなんて言葉をかけるか。小雪さんが、琴葉が、美麗さんが引き止めないと思う？　みんなが心配しないと思う？」

「…………お、思いません」

「じゃあ無理をするのはやめようよ。熱が治った時に元気な姿を見せて、元気な時に迷惑をかけた分を取り返せばいいんだから。たった一度休んだくらいで元気って取り柄は消えないって」

「蒼太さん……」

そこで初めて熱で赤らんだ顔を柔和《にゅうわ》に変えた彼女は、少し納得した様子だった。

「あ、あの。寮のみんなには熱があること黙っててくれますか……？　みんなに気を遣わせたくありません……」

「休んでくれるならね。もしひよりのことを聞かれた時はちゃんと誤魔化しておくから」

「ありがとう、ございます……」

もうみんなにはバレてしまっているが、ここは話を合わせてもらえばいいだけ。

「それじゃあ一回部屋に戻って休もっか。キツいなら熱はもう測らなくていいし、タイミング見ておかゆとか食べやすいものを持っていくよ」

「ごめんなさい……。蒼太さんにも迷惑かけます」

「迷惑なんかじゃないって。それよりひよりの部屋まで送らなくていい？　もしあれだったら支えになるよ？」

「ありがとうございます。でも、大丈夫です」

「わかった。気をつけてね。あとで様子を見にいくから」

その言葉を最後に俺に背を向けた彼女。廊下にはもうこちらを見守っていた三人の姿はどこにもない。

俺達の会話を聞いて戻るタイミングをしっかりと計っていたのだろう。


そんな入居者が仕事や学校で寮を出る前のこと。

「蒼太さん、ひよりちゃんの看病をお願いしますね。なにかあれば連絡ください」

「パート帰りにわたしが甘いもの買ってくるわね。寮のみんなの分と言えば気を遣わせないでしょうし」

「看病するのはいいけどひよりに変なことしたら許さないから。マジで」

琴葉、小雪、美麗からそれぞれの言葉をもらう。ひよりがどれだけ大事にされているか、今一度確認できた時間だった。

第七章　甘えるひより

ドット柄のプリントをした純白のカーテン。桜色のかけ布団《ぶとん》が敷かれたベッドの上にマカロンのビーズクッションが二つ。ふわふわしたクリーム色の丸形カーペットに、同じ丸形のテーブルが置かれたひよりの部屋に俺は足を運んでいた。

「ひより、体調は大丈夫……？」

「んぅ……」

「あっ、起きようとしなくて大丈夫だよ」

表情を歪《ゆが》ませてベッドから起きようとする彼女をストップさせ、おかゆや飲み物が載ったトレーをテーブルに置くと様子を確認する。

「あぁ……。これもう完全な熱だね」

いつも元気な彼女はそこにはいない。顔は赤く、トロンとした目つきで俺を見つめてくる。

「うぅ、ごめんなさい……。こほこほっ」

「謝ることないって。学校の方に連絡入れたから心配しなくていいからね」

手を左右に振ってジェスチャーも加える。さすがにこんなことでお礼を言われるのはむず痒《がゆ》い気持ちだ。

「あ、あの、蒼太《そうた》さん。それでみんなは……」

「みんなならもう外に出てるよ。小雪《こゆき》さんは今日、用事があったらしくて琴葉《ことは》と一緒のタイミングで外に出たよ」

「そうでしたか……」

彼女が熱に冒されているのは寮のみんなが知っている。

そして、普段から最後に外出する小雪は気を遣って『用事がある』と言ったのだろう。早く家を出ることによって、俺が彼女に割ける時間を多く作らせるという理由で……。

確証はないが、寮を出る前の表情でわかった。

「それで……、おかゆは食べられそう？　食欲はある？」

「あ、食べたいです……」

「それはよかった。じゃあゆっくり体を起こすよ？　俺が起こすから自力で起きようとはしないこと。管理人命令ね」

「はい……」

職権濫用《らんよう》のような発言をしてしまうが、自力で起き上がろうとした際の彼女のキツそうな姿を見てしまったらどうしても心配になってしまう。

今の俺には看病できる時間も余裕もある。彼女にはできるだけ体力の温存を優先してほしいのだ。

「まずは両足をベッドの上から出してもらえる？　起こすために必要なことでね」

「わかり、ました……」

その指示をしてすぐ、もぞもぞと布団が動いたかと思えば、素足をこちらに伸ばしてくれる。

「じゃあ腰と肩に触れて起こすからね。ひよりは力を入れなくていいから」

「はい……」

いちいち確認を取るのは管理人と入居者の立場であり、伝えた箇所以外は触りません。との約束でもある。

熱のせいで無抵抗に近い彼女を安心させるためにも必要なこと。

「じゃあゆっくり起こしていくよ」

「っ」

彼女の体にかかっている布団を半分に折って上半身を出すと、俺は右手を腰に、左手を首の後ろから回して肩に添える。そして孤を描くようにゆっくりと上半身を起こした。

「……ふぁ」

体勢を変えると弱々しい声が口から漏れる。ご飯を食べさせたらすぐに横に戻した方がいいとわかるような声だった。

「はい、どうぞ」

「ありがとうございます……」

俺はおかゆを彼女に渡し、スポーツドリンクの入ったペットボトルにストローをさし、いつでも飲ませられる準備をする。

「ぁ、たまごのおかゆだ……」

「これが一番食べやすいんじゃないかって思って。一応冷ましたんだけど、少し熱いかもだから気をつけてね」

本当は食べさせることに協力したい。そんな気持ちでいっぱいだが、それをするのは控えた。彼女と出会ってまだ長くはない。

変に突っ込んで気を遣わせたくはない。そう思っていた俺は見守ることを選んだ。

「蒼太さん、おいしいです……」

いつものような元気いっぱいの声で感想は言ってないが、それでも柔らかい口調で伝えてくれる。

一人でもご飯を食べられている。数口食べていることで食欲も確認できた。

ホッと安心した気持ちで様子を見続けていた俺だったが……、それは早まった考えだとすぐに知った。

「……」

彼女がおかゆを食べ始めて数分後。

腕の動きが止まった。ぼーっと焦点の合っていない目を作っていたのだ。

「……ひ、ひより？　もしかしてだけど食べるのも大変？」

「っ、そんなことないです……」

その否定は嘘《うそ》だとすぐに判明する。挙動不審にまばたきを多くした姿を見れば誰だってわかるだろう。

『一人で食べるのが大変』だとの仕草が窺《うかが》えたのなら、もう見守ることはやめだ。

「よし……。風邪の時くらいは甘えてもらおうかな」

「えっ？」

「俺が初めてこの寮にきた時にはいろいろ手伝ってもらったから、その恩を返させてよ」

俺は彼女からおかゆの入った容器を奪い取った。一瞬、彼女の手先が当たってしまったが、気にしない素ぶりで言葉を続ける。

「だから俺のわがままだと思って聞いて」

「き、聞いてくれってなにをですか？」

「ん？　それはもちろんこれだけど」

木製のスプーンでおかゆを掬《すく》い、ゆっくり口元に近づければ明らかな動揺が見られた。

「ひ、ひよりになにをするつもりですか……」

「見ての通り食べさせようとしてるんだけど、嫌？」

「そ、そんなわけじゃないですけど、恥ずかしいです……」

「あはは、もちろん気持ちはわかるから、食欲があるなら一口は食べてほしいな」

「っ」

おかゆの載ったスプーンを少し近づけると、ひよりはおかゆに視線を集めていた。

食い気はあるのか、丸めの瞳に光が宿っているが……。それと同時に「ううう」と、口を縛って恥ずかしさを押し殺しているようだ。

実のところ、コレをするのは俺だって恥ずかしいこと。この行為に慣れているわけもないのだから……。

それでも我慢して行うのは彼女のため。食べてくれるならなんだって協力する。

「はい、あーん」

「うぅ……っ。あ、あーん……」

目を閉じ、体をぷるぷるさせながら口を開いた彼女。そこに俺は慎重にスプーンを入れて一口食べさせることができた。

もぐもぐして、飲み込んだところを見て俺は話しかける。

「美味《おい》しい？」

「あ、味がわからないです……。緊張がすごくて……」

「慣れないことをしてるからね、お互い。でもさっきより食べやすいようには見えるね」

「っ、……はい」

「じゃあもう一口食べてみよう？」

看病する側が緊張しているなど悟られたら彼女は困惑するだろう。無理させているなんて勘違いをさせるかもしれない。

顔を真っ赤にしている彼女に催促するのは申し訳ないが、食べてくれたら儲《もう》けものだ。

「はい、どうぞ」

「あ、あーん」

スプーンを口元に近づければ、二口目を食べてくれた。やはり自分で食べていた時よりペースは速く、恥ずかしそうだが楽そうには見える。

「ひより、飲み物はいらない？」

「あっ、ほしいです……」

「はいどうぞ」

「あ、ありがとうございます……」

この状態を見るに今朝、引き止めてよかったと思う。もし送り出していたら学校に辿《たど》り着けていたのかすら怪しかっただろう。

「ご飯食べ終わったら薬をちゃんと飲んでね。リビングから持ってくるから」

「そ、蒼太さん……。ひよりにたくさん構ってしまうとお仕事ができなくなっちゃいますよ？　蒼太さんは忙しいですし……」

「そんなのは別に構わないよ。今大事なのはこっちだし」

少し声に力が入ってしまった。……言い分通りの行動を取ってしまえば優先順位が変わってしまうと感じて。

「はい、もう一口」

「あっ」

スポーツドリンクを飲み終わったところで食事の再開である。

「……俺、まだまだ未熟な管理人だけど、優先順位くらいは自分で決められるよ。できなかった仕事は時間が空いた時にでもすればいいだけだから」

企業勤めで先方を待たせている場合にこの言い分は通じないだろうが、俺の仕事は寮の管理人なのだ。最優先事項は寮に住んでくれている入居者達のお世話だ。

「だから俺の仕事なんて一切気にしないで。してほしいことがあったらいつでも俺を頼ってくれていいから」

「……そ、そんなことを言うと、ほんとに後悔しちゃいますよ？　ほんとに……」

「後悔って？」

「ひよりは甘えん坊だからです……」

『標的になってもいいんですか？』と言わんばかりの言葉選びだ。彼女にとっては脅しのような意味合いもあるのだろうが、俺からすれば微笑《ほほえ》ましいもの。

「そう言えば琴葉から告発されてたっけ。だけどそれで構わないよ。今の体調なら逆に甘えてもらわなきゃ困るし」

これは本心だ。むしろ今日はそうさせるために動いているのである。

「そ、それなら、おかゆを最後まで食べさせてくださいって言ったら、蒼太さんはどうします……？」

「もちろんその通りにするよ。他にしてほしいことはないの？」

「あ、あの……。そ、それではお薬を飲んでからひよりが寝るまで隣にいてほしいとか、だ、だめですか……？」

「いいよ。熱の時って一人でいると心細いもんね」

「うん……」

コクッと素直に首を縦に振って肯定した彼女。小動物みたいな可愛《かわい》らしい反応をしてくれる。『はい』ではなく、『うん』と言ったのはこの時が初めてではないだろうか。

しっかりと甘えてくれている今の様子に思わず笑みを浮かべてしまう俺は、そこからもゆっくりとおかゆを食べさせていく。

それから数十分後。おかゆが入っていた器は空っぽになった。完食をして、少しおかわりもしてくれた彼女だった。

＊　＊　＊

「蒼太さん、さっきはいろいろありがとうございました……」

わたしはベッドに横になったまま、椅子に座ってお仕事をしている蒼太さんに感謝を伝えます。

ご飯を食べられたのも、お薬を飲めたのも、おでこに冷たいタオルを載せてもらったのも、全部甘えてしまいました……。

やっぱり、こんな体調の時には誰かが隣にいてくれるだけで全然違います。心強く感じて、それだけで楽になります。

蒼太さんはほんとに優しい人……。お仕事があるのにわたしのことを優先してくれて、ほんとに嬉《うれ》しいです。

「……」

「……」

「蒼太さん。今日は学校を休んで正解でした……」

「あはは、そう言ってもらえると助かるよ」

普段と違って話が広がりません。すぐに会話が終わってしまいます。でも、これは蒼太さんがわざとしていることかなって。ううん、絶対にそうするはずです。

体調がよくなるように少しでも早くひよりを眠らせようとして……。そんな気遣いも嬉しくもあって、少しだけ寂しいです。

おかゆを食べさせてもらったりした時よりも、今は全然構ってもらえてないですから。

一度甘えてしまうと、やっぱり物足りなくなります……。体はまだキツくて、そんなことでも気を紛らわせたくて――、

「蒼太さん。一つだけ……また甘えても、いいですか？」

「うん？　どうした？」

「いきなりこんなことを言うのも、あれですけど……蒼太さんの手、握っていいですか？」

「了解。…………って、え？　今、俺の手を握っていいかって言った？」

「だめ、ですか？」

行動でも伝えるように蒼太さんに向かってベッドから手を伸ばします。

寮に入る前、熱が出た時のことです。

わたしはパパにこうして甘えていました。これをするとすぐに眠れるだけじゃなくて、ほんとに楽になるんです……。

「んー、俺は構わないんだけど、ひよりは本当に大丈夫なの？　今はその体調だからちょっと変になってるっていうか、元気になった時にそうしたことを後悔しない？　男の俺がするのは正直、褒められた行動じゃないから」

「ひよりがお願いしてるので、えへへ……」

蒼太さんらしいですよね、こんなことを丁寧に伝えてくるところ。だから、安心できるんでしょうか。

確かに熱じゃなければこんなことは言わないと思います……。でも、今はこうしたいです。熱が下がってもなんで手を繋《つな》ぐようなことをしたんだろうって、悪い思いはしません。

熱の時じゃなくても蒼太さんと手を繋ぐのは……、やぶさかではありません。

「それじゃ、はい」

「ありがとうございます」

蒼太さんはわたしの下に少し近づいて、手を伸ばしてくれて、繋ぎやすくしてくれます。もう、ほんとに甘えん坊になってますけど……、いいって言ってくれましたから、遠慮はしません。

パパにしてもらった時と同じように指と指の間に自分の指を入れて、ぎゅっと握りました。

「え？　こ、こっちの握り方なの？」

「おかしい、ですか……？」

「あっ、いや。ひよりがいいなら別にいいけど……」

ちょっと動揺しているようです。これ、おかしなことじゃないはず？　です。

「……」

「……」

手を繋いだまま無言になります。だからですかね、より敏感になって、パパの手とは感触が違うなって思い始めます……。

なんだかパパの手よりも大きくて、ゴツゴツしてて、カイロのように温かくて……。

「とりあえずひよりは早く寝るようにね」

「……」

「ひより?」

「っ、わかりました」

手を握っているせいで蒼太さんとはほんとに距離が近い……。わたしはお布団《ふとん》を目元までかけて顔を隠します。

パパの時と違ってドキドキします。心臓の音がうるさいです……。こ、この調子じゃ眠れません。絶対眠れません。

でも……、それは最初だけでした。

時間が経《た》って慣れてくると安心感がすごくあって、心細くもありません。

ただ、恥ずかしいので蒼太さんは見られません。ただ、今はとっても心地いいです。すぐに睡魔がやってきました……。

わたしが寝た後も、手を繋いでいてほしいなんて言ったら、どんな反応をされるんでしょうか……。

さ、さすがにこんなに甘えちゃうのは引かれちゃいそうなので言わないことにします。

ただ、言わないかわりに私は片手を伸ばしてベッドの上に置いてあるぬいぐるみを手に取って胸の上に置きました。

蒼太さんの手と、私が小さい頃にもらったぬいぐるみ。これがあればすぐ寝られるような気がしました。

すぐに目を瞑《つぶ》ったわたしは気づきませんでした。この大切なぬいぐるみを見た蒼太さんがどこか驚いた表情をしていたことに……。

＊＊＊＊

「お？」

14時を過ぎた時間帯。リビングで仕事を続けていた時だった。

階段を下りてくる足音が聞こえてきたのだ。現段階で外に出た入居者はまだ誰も帰ってきていない。この人物を予想するのは簡単なこと。

「おはようございます。ひより元気になりました」

「おはよう。それはよかったって言いたいところだけど、薬が効いてるだけだから油断しないように。ほら、ソファーでも椅子でもいいから座って楽にして」

「えへへ、そうですね。そうします」

彼女の顔色は今朝よりも良く、重怠さは窺《うかが》えない。この姿を見ることができてひとまず安心する。

「あっ、ひよりが眠ってからも濡《ぬ》れタオルを交換してくれてありがとうございました。起きた時に湿っていたのでわかりました」

「そ、それはいいんだけど……。ごめん、許可なく部屋に出入りしちゃって」

「あ、謝らないでください！　気にかけてくれてすごく嬉しかったです」

「そう言ってもらえると助かるよ」

頬を赤く染めながらもじもじとお礼を言ってくれる。どこか恥ずかしがっているのは寝顔を見られてしまったためだろうか。

そういう俺も先ほど彼女と恋人繋ぎをして、ドキドキしていた。もちろん内緒の話である。

「それで、ひよりはもう眠くないの？」

「そうですね。あとはゆっくりしようかなと思います」

「そっか。それじゃあどうしようかな……。ちなみに、今から俺と話す余裕はある？　もちろん楽な体勢で聞いてもらうような感じでいいんだけど」

「大丈夫ですよ。体調もいい感じなので」

「ありがとう。じぁあ早速、話に移るんだけど、前から気になることがあってね」

俺は彼女が座っているL字形のソファーに足を進め、空いているスペースに腰を下ろす。

これからする話は昨日、彼女が帰宅した時にしたかったことでもある。

「まぁ、今の体調でこんなことを聞くのは野暮だってことはわかってるけど、ひよりの学校生活についてどうしても気になることがあって」

「が、学校生活ですか……？」

「そう。今回ひよりが体調を崩した原因ってそこにあると思ってるから、俺は」

「っ⁉」

こう発言した途端、パッチリと瞳を見開いた彼女だ。

「裏を探ってたのは申し訳ないんだけど、美麗《みれい》さんから聞いたよ。ひよりは友達を手伝ったりして帰るのが遅くなってるって」

「な、なにが言いたいんですか……」

なぜか警戒したような眼差《まなざ》しを向けられる。いや、追求されたくない内容なのだろう。

それでもこれは話しておくべきこと。

「簡単に説明すれば、ひよりは自分のことを犠牲にして友達を助けてるんじゃないかって思って」

「……」

「それは良いようにも悪いようにも捉えられるけど、負担がかかったゆえに体調を崩してるならやっぱり問題だと俺は思ってる」

「………」

「管理人が学校生活について触れるのはお門違いだし、度が過ぎてるのはわかってるんだけど、そこに体調を崩す原因があるなら一緒に解決していきたいから」

彼女は俯《うつむ》いたまま口を開かない。それでも無視の選択肢はしたくないのか、チラチラとこちらに視線を送っている。

「もし正直に話してくれるなら、冷蔵庫にあるカットフルーツとプリンと、あとアイスを食べていいよ。ひよりが寝たあとに買ってきたから」

「なっ!?　食べ物で釣るのはずるいですよ……っ」

この条件に揺さぶられたのか、むっと小さな口を尖《とが》らせてきた。やはり食べることが好きな彼女には効果的だった。

「美麗さんから教えてもらったことだから、全部が全部間違ってることじゃないって思ってる。だからこんな手を使ってでも知りたかった」

「……」

なんて口にしているが、強引に吐かせようとは考えていない。

このご褒美《ほうび》を出してもなお『話したくない』との答えが出たのなら、それ以上は追求せずに買ってきたデザートを渡すつもりだ。

その気持ちを持って向き合い――、展開が好転するように期待した。

「正直、ビックリです。まさかみーちゃんが蒼太さんに学校のことを教えていただなんて……」

そして、言い逃れはできないと観念したように苦笑した彼女だった。冷たい態度を取っていた美麗が俺に協力した事実に驚いているようだった。

「ってことは、やっぱり今回の風邪の原因ってそこにある?」

「それは少し違います……。ひよりは自分ができると思った時にしか手伝うことはしませんから。……こ、今回はそれを少し見誤ってしまった部分はありますけど」

「えっ？　じゃあどうして体調を崩したの？　勘違いだったらごめんだけど、俺にはなにかが響いたが故の風邪だと思ってて」

「……」

「やっぱりここからは言えない？」

深く踏み込めば無言が返ってくる。これ以上は控えるべきか、それとも嫌われることを覚悟で追求するか逡巡《しゅんじゅん》した矢先。

「ひ、秘密にしてもらえるなら……、言えます」

小さな声でこのように伝えてくれたのだ。

「もちろんひよりの気持ちは尊重するから安心してほしい」

俺がその言葉を発すると、彼女は口を閉じた。話すための心の準備をしているのだろう、ここに対して催促したりはしない。ゆっくりと待ち続ければ詳細を話してくれた。

「……あの、実は一度だけ蒼太さんにはお話ししたことが原因なんです……」

「俺に、話したこと……？」

「はい。中学生の時にお友達から言われてしまったこと……、です。最近そのことを思い出してしまって、それで敏感になってしまってですね……」

軽く笑ってみせてはいるものの、その顔は明らかな作り笑いだった。空気を重くしないようになんとか努めているようだった。

「それって陰口を聞いたって言ってた？」

「は、はい……。それでいろいろ悩んだり、考えたりしてたら頭がいっぱいになって……。前まではちゃんと吹っ切れていた部分はあったんですけど、何度も思い返してしまって」

「あぁ……。だから明るいって取り柄を崩したくなくて無理にでも学校にもいこうとしたんだね。その状況だと取り柄がなくなるって思うだけでも怖いだろうし」

今朝、意固地になっていた理由がようやくわかった。

「早起きができなくなった原因もそこにあったんだ？」

「す、すみません……」

「ううん、謝ることはないよ。なんにも」

声を震わせて頭を下げる彼女に俺まで心が痛む。もう少し早く気づいてあげることができたら……。そんなやるせなさも感じてしまう。

ただ、ここで冷静さを欠いてはいけない。原因を突き止めなければ事は前に進まない。

最近になって再び悩むようになってしまった原因。

遅刻するようになった時期と、その時期になにがあったのか……。

「……ぁ」

記憶を思い返せば、一つだけ心当たりがあったのだ。確信のあることが一つだけ。

「あのさ、もし間違ってたら本当に申し訳ないんだけど、ひよりの陰口を言ってた相手って琴葉と三人でスーパーにいった時に出会った二人の同級生のどちらか、もしくは両方だったりしない？」

「っっ⁉」

その途端、目を皿のように大きくして息を呑《の》んだ彼女。図星だという反応だった。

「やっぱりそういうことか……」

中学生の頃に聞いた陰口に、それを言っていた相手との再会。そこから再発した悩みに体調を崩し始めた時期。

点と点はこうして繋《つな》がったのだ。

「……えっと、これからは俺の想像で話すことになるんだけど、ひよりが聞いた陰口って嫉妬して噛《か》みついてただけだと思うよ？　中学時代ならよくあることだし」

「し、ししし嫉妬ですか……？　ひよりなんかにそれはないと思いますよ……？」

「本当に嫉妬だとしたら？」

「そ、それは……」

「この件を詳しく聞くともっと負担がかかっちゃうから話さなくてもいいけど、相手からしたらよっぽど攻撃したくなったことがあったんだろうね」

そう攻撃したくなる理由まで頭の中で考えついていた。

「例えば当時、夏美《なつみ》さんには好きな男子がいて、その男子はひよりのことが好きで、ひよりはその告白を断った。とか」

「えっ」

「ひよりが人気者だってことはあの時に聞いたからね。だからひよりが聞いた陰口にはこんなことが混じってても不思議じゃないと思う。それに夏美さんは俺のことを睨《にら》むような視線だったし、彼氏になり得る男だとか考えてたのかも」

『あのぉ、ひよりを狙うのはあんまりオススメしないですよ。いろいろ問題があるので』

こんなことを俺に言ってきたのだ。逆にそうでなければ考えられない一言。

「……」

この発言をすれば、ひよりから無言が返ってくる。なにか心当たりがあるような間《ま》だ。

「もし俺の言ってることが当たっているなら、相手側はただイライラを発散させたかっただけで、自分が気に食わないことを愚痴ってただけ。全く気にすることはないよ」

決してお世辞を言っているわけではない。そこはちゃんと通じたのかちょっぴり嬉《うれ》しそうな表情を浮かべている彼女。

「だってさ、ひよりを学校に送った時にわかったから。周りから本当に慕われてるんだなって。それは中学生の時も同じだったと思う。中学から高校で垢抜《あかぬ》けすることはできても、内面はそう簡単に変わることなんてできないから」

この通り、俺が彼女を送った際には『ひより！』と呼ぶ声が毎回聞こえてくるのだ。明るく、歓迎したような声で。

それも同じメンバーではなく、毎回違った相手から。それは彼女に友達が多いことも証明している。取り柄を増やしたい。コンプレックスをなくしたい。その気持ちで助けているだけでは絶対に成し遂げられないこと。

「そんなところも踏まえて、当時の陰口を鵜呑《うの》みにするべきじゃない。悩むこともないよ」

「……」

「それじゃ！　自信を持ってもらうために今からひよりのいいところを言っていくよ。見つけたら教えるって前に約束してたし、実は伝えるタイミングをずっと窺《うかが》ってたから」

「えっ⁉　あっ……」

この約束をしたのは出会った当初の頃。

『覚えていたんですか⁉』なんて鳩《はと》が豆鉄砲を食ったような顔に笑みを返して、俺はその約束を果たした。

「当たり前のことも含んじゃうかもだけど、ひよりはどんな時でもちゃんと挨拶ができてるよね。気を配って礼儀は正しいし、毎日夜遅くまで勉強してるくらいの努力家で、頑張り屋さんで。この前は俺が見てないところで玄関の掃除をしてたね。そんな気遣いも嬉しかったよ」

「……っ⁉」

「その他にも──」

「──も、ももう大丈夫ですっ！」

「え？　まだまだあるんだけど、これ前置きみたいな感じだよ？」

「け、結構ですっ‼　もう大丈夫ですっ」

予想外の内容だったのだろうか、ゆでダコのような顔色に変わっている彼女。管理人をしている分、細かなところには気づく。

「そこまで遠慮するならこれ以上は控えるけど……。俺が言いたいことはひよりの人柄であれば心配する必要はなにもないってこと。陰口を聞いても笑い飛ばせるくらい、跳ね返せるくらい自分に自信を持つべきだよ。もしなにか困ったことがあればなんでも相談に乗るし、いつでも助けるから」

一言一句、強い言葉で伝える。

「だからさ、ひよりを傷つけるような相手の言葉を信じるより、俺の言葉を信じてよ。前に『明るさしかいいところがない』みたいに言ってたけど、その明るさで人を元気にしたり、周りを明るくすることができるでしょ？　たった一つの言葉でも周りに与える影響は一つじゃないんだし」

「っ……」

元気になってほしい。気持ちを切り替えてほしい。その思いで言葉が強くなってしまう。

「と、ごめん。こんな時なのに熱く語りすぎちゃったね……、あはは。状況を摑《つか》んだらムカついちゃったよ。優しいひよりのことを悪く言われるのは本当に嫌だから」

「そ、蒼太さん……」

上目遣いで、ちょっと潤んだ瞳で俺を見つめてくる。これがなんとも恥ずかしく感じることで、それでもこれが今の俺にできる精一杯。

「よ、よーし。それじゃあ甘いものでも食べようか！　すぐに用意するよ」

「ぁ……。は、はい。ほんとにありがとうございます」

「どういたしまして」

話は終わり。そう伝えるようにソファーから立ち上がった俺は、冷蔵庫に向かっていく。

「っと、そうそう。もし明日《あした》学校にいけたら早く帰ってくるようにね。勝手に約束させてもらうよ」

「や、約束です?」

「明日の夕食、自信のない料理作るつもりだから味見してほしくて」

「……蒼太さんって遠回しな言い方をしますよね」

「えっ?」

「それってひよりに無理させないように早く寮に帰ってくるように言ってるんですよね?蒼太さんがそう言ってくれるとお友達からの誘いを断りやすいですから」

「……はて、なんのことだか」

「えへへ、こんなひよりですけど少しは鋭いんですよ?」

「はいはい。それは勘違いだから」

絶対にバレないように動いたつもりが、こうして真意を突かれると本当に恥ずかしくなる。

ただこの感じだと、これからは無理せず肩の力を抜いて過ごしてくれそうだ。

この調子でい続けられるように、自分に自信を持てるようにたくさん褒めていこうと思う。そう感じた一日だった。

＊＊＊＊

「ひよりー！　やっと復活したかー！　もー、昨日は心配したんだよー⁉」

「やっぱりウチらのクラスはひよりちゃんがいないとねぇ」

「昨日は誰かさんがいなかったから教室の雰囲気も暗かったぞー」

「ご、ごめんねっ！　ちょっと体調崩しちゃって……」

翌日。朝課外が始まる前のこと。無事に復帰したひよりはクラスメイト三人から囲まれていた。

「なにか困ったことがあったらいつでも相談するんだよ？　いつも手伝ってもらってるからお返ししたい気持ちでいっぱいなんだから‼」

「ねー！　それ本当思う！　ウチらが困ってる時すぐ気づいてくれるからつい頼っちゃうし」

「そのくせ誰かさんは隙も見せないから手伝おうにも手伝えないしー？」

「えへへ、じゃあ今度からたくさん甘えちゃおうかな」

「おーおー言ったな⁉　んじゃあ期待するからね⁉」

「さてさて、どんな甘えがくるのか楽しみにしておこうかねえ」

「私もー。これウソだったらみんなでシバき倒そう！」

「なっ、怖いよそれ！」

　今までこのようなことを伝えられたことは何度かあった。それでも甘えられなかったのは中学生の時に言われたような悪口を言われたくなかったから。特に友達からはそのようなことを言われたくなかったから。

　今もその気持ちはあるものの、昨日の蒼太の言葉を信じてもっと自分に正直になろうと思った。殻を破ろうと思えた。

　あの悩みを知ってもらえたことで頼りにできる人物ができた。なんでも相談できる相手ができたことで。

　あの時に話したことは、あの出来事や言葉はひよりにとって言葉にできないくらいに強い力になっていた。

「まあまあ、そのくらいの本気度がありますよってことで！　そして話は変わるんだけどー、あのバイク乗りの管理人からどんな看病をされていたのかなあ、ひよりは。絶対イイコトされてたでしょ！」

「それ気になってた気になってた！　管理人ってことだから絶対世話好きだろうし、普通は学校送迎とかしてくれないよね！」

「包み隠すことなく教えてもらいましょうか」

「っ⁉」

蒼太にバイクで送ってもらっていたこと。学校ではさまざまな噂《うわさ》が飛び交っていた。

ここは女子校なのだ。興味が勝ることで異性との繋《つな》がりは根掘り葉掘り聞かれる。一番興味を惹《ひ》く話題と言っても過言ではないのだ。

「べ、別に特別なことはされてないよ……？　ほんとだよ？」

彼女は嘘《うそ》をついているわけではない。屁理屈《へりくつ》のようではあるが、『特別なことをしてもらった』側なのだから。

たくさん甘えて恋人繋ぎをしてもらったこと。ご飯を食べさせてもらったこと。こんなことは誰にも言えないくらいに恥ずかしいこと。

「えー。じゃあなにをされたの？」

「え、えっと……。たまごのおかゆを作ってもらったり……」

「マジか！　それって絶対美味《おい》しいやつじゃん。優しい味がするやつじゃん！」

「料理ができる男って本当ポイント高いよねえ……。羨ましいー」

「それで他にされたことは？」

「そ、その他には果物とかアイスとか買ってきてくれたり……」

「他には！」

「……ほ、他には、他には……。ひよりが寝るまで隣にいてくれたり……」

「え？」

「ん？」

「はい？」

ここで当然目にすることになる友達の呆気《あっけ》に取られた顔。

「それっていくらなんでも優しすぎじゃない？　家族なら普通かもだけど管理人が隣にいてくれるとか普通ないって」

「うんうん。そんなこと絶対ないよ！」

「でも、されたんでしょ？」

「うん。ほんとに優しい人だから……。管理人さんは」

今までのことを思い返すように両手を重ね合わせるひよりは目元を綻ばせる。

その顔は幸せを表したような、友達ですら目を奪われるような表情。

「ふーん」

「へえー」

「そっかそっかあ」

そして、同じ感想を抱く三人は途端にニヤリとする。

「ど、どうしたの……？」

「いやぁ、乙女の顔をしてるなぁってね？」

「まあ手厚く看病されたならそうなっても仕方がないけどねえ？　料理できて優しくてバイクに乗ってるところ見たことあるけどスタイルもよかったし」

「女子校で男と関わる機会もないから簡単にやられちゃっても不思議じゃないよー、うん！」

「……」

「あー、無言決め込んだよひより。まあ彼氏としては絶対アリだよねー」

「断る理由なくない？　普通に優良物件でしょ」

「その管理人さんって彼女いたりするの？　いなかったらHere we go《ヒアウィーゴー》するしかないね！」

「も、もうっ！　そんなにからかわないでよ。お、同じところに住んでいるんだから……、変に意識しちゃう……、よ」

もごもごと口を動かしながら赤くなった顔を伏せるひより。そんな乙女の反応を目撃する三人の友達は、さらにニヤニヤと笑みを浮かべているのだった。

その学校も終わり、帰宅後。

クラスメイトからからかわれた影響は、如実《にょじつ》に表れることになる。

「た、ただいまです。そ、蒼太さん」

「おかえり。早く帰ってきてくれてありがとね」

「と、とととんでもないですっ」

今日は早く帰ってくると約束をしていたこと。

その約束を守ってくれて嬉《うれ》しい蒼太は優しく微笑《ほほえ》む。それを見た彼女は、ほっぺをピンクに染めてしまっていた。

『彼氏としてどう？』なんてさんざん言われたせいでどうしても意識してしまう。

優しく看病してもらったこと。その時に大きな相談に乗ってくれたこと。

こんなことをされたらどうしても……こうなってしまう。

「っと、それじゃあ早速だけど味見してくれる？　実はもう作り終えててね」

「あっ、そ、その前に着替えてきていいですか……？　制服だとちょっと窮屈で……」

「わかった。リビングで待ってるね。あっ、焦《あせ》らずゆっくりでいいから」

「は、はいっ！」

元気に返事をしてローファーを靴箱に入れたひよりは、急いで二階に上がっていく。

いつも通りに自室に入り、ドアを閉めた彼女は足を動かさずに背を預ける。そして、大きな息を吐き出しながら独り言を漏らすのだ。

「ふぅ……。こ、これはやばいなぁ……」

足の指をもじもじと動かしながら、目を伏せて。

「い、今まではなんにも思わなかったのに、蒼太さんにスカートを見せるの恥ずかしくなってるよ……」

スカートの丈は決して短くない。校則に違反していない通常の長さ。それにも拘《かかわ》らず逃げ出したくなるくらいに羞恥が襲っていた。

「ど、どうしよう。完全に意識しちゃってる……。蒼太さんはこの寮の管理人さんなのに」

ここで蒼太の顔が無意識に浮かび上がる。たったそれだけのことでみるみるうちに顔が赤くなり、ソワソワと体が動き始める。

息が詰まってしまうほど鼓動は速くなり、胸を苦しくさせる。

「うぅ……。こ、これはほんとにまいった……」

熱のこもった顔に両手を当てる彼女は負かされたような表情を作る。もう、これがなんなのかを悟っているように……。

「そ、蒼太さんがあんなに優しく看病しなかったら……、優しい言葉をかけなかったらこうはならなかったのに……」

ここで思い出してしまう。

熱が出たあの時、ご飯を食べさせてもらったこと。ゴツゴツとした大きな手を握ったこと。出会ったその日に下着を見られたことまで。

「……いろいろあったのに、蒼太さんは平気そうだし……」

口を小さく尖《とが》らせ、弱々しい声で呟《つぶや》くひよりは、スカートを脱いで肌の見えない長ズボンに穿《は》き替える。

……この気持ちになって、初対面の時に感じた『懐《なつ》かしさ』が正しかったことも再び思い出す。

「やっぱり、あの男の子に似てた……。うぅ、やっぱりずるいよ……」

ひよりが絶対に敵《かな》わない相手。想《おも》い続けるその相手。

「んー……。蒼太さんのば、ばか……」

これからはズボン生活になること、さらにはあの人に似てることをつい口に出してしまったのだった。

エピローグ

「んー！　やっぱり蒼太《そうた》さんのお料理は美味しいです！」

「ありがとうひより。って、美麗《みれい》さんはグリーンピースだけ除《よ》けない。それ栄養があるんだから……」

「嫌いなんだし。アンタよりはマシだけど」

「え、えっと……。俺はグリーンピースよりも下なの？」

「なに言ってんの？　当たり前じゃん」

学生組が帰ってきた夕食。

俺はひより、美麗の二人と会話中だった。

「ってかさ、どさくさに紛れてアタシに喋《しゃべ》りかけんな。アンタは」

「はい、ごめんなさい」

美麗との関係はこれ。会話だけ切り取れば辛辣なことを言われているも、今は食事を一緒にできるくらいの仲になっていた。

さらには声色にトゲが抑えられているような感じもする。

この調子なら共に過ごせそうで……、管理人職もますます面白くなってきたところ。

最初は半ば強制的に勤めることになったが、今になって思えばもっとこの仕事を続けたい。そんな気持ちに包まれていた。

充実感を覚えながら食事の様子を見守っていると、

「みーちゃん、蒼太さんを攻撃したらお勉強教えないからね。あとグリーンピースもちゃんと食べること」

口の中を空っぽにしたひよりが動いた。

「……え？　な、なに言っちゃってんの、ひよりは。教えてくれるって約束したじゃん。そんな後出しで言われても困るし……。ってか、ひよりはマジでコイツの味方じゃん。なにがあったのか知らないけどマジで惚《ほ》れてるでしょ」

「っ‼　そ、そそそれとこれとは関係ないよっ！」

「へー。その焦り具合が怪しいけど。顔も真っ赤っかだし」

「もーっ‼」

ひよりが俺の味方をしてしまったがために口喧嘩《げんか》が始まったが、じゃれているようなもの。これを止めたりはしない。

け……、と。

この二人の様子を見ながらふと思い出すことがある。俺も昔はあんな言い合いしてたっ

十数年前、幼き頃のこと。

この寮の敷地《しきち》内で結婚の約束をした女の子と。

ここは幼少期の思い出の場所。だからこそ十数年前のことが浮かび上がってくる。

「ひよりの部屋にあったクマのぬいぐるみ。あれってやっぱり……」

眉に力がこもり、神妙な面持ちになる。

あのぬいぐるみには見覚えがあったのだ。

過去、むうちゃんにプレゼントした物と同じぬいぐるみで……。なぜひよりがそれを持っているのか……。

「そ、蒼太さん？　今なにかひよりに言いました？」

「あっ、ごめん。なんでもないよ」

独り言を聞いたのだろう、キョトンと目を大きくしたひよりに俺は首を横に振る。

こんな偶然があるわけない。と、気持ちを切り替えるように。

あのぬいぐるみが俺が渡したものなら、ひよりがむうちゃんと同一人物になるが、あれを贈ったのは数十年前。あんなに綺麗《きれい》に残っているわけがない。

あの子に会いたいからって考え過ぎている……。

結論を出した俺は料理に手をつける。すると、

「ね、みーちゃん。今日のお勉強頑張ったら、明日《あした》は一緒にぬいぐるみ洗わない？」

「ああ、そっか。明日でちょうど1ヶ月経《た》つしね。いいね、やろっか」

「え……」

タイムリーで出たぬいぐるみの話題に思わず声を出してしまう。

「なにそのアンタの反応。アタシがぬいぐるみ大切にしちゃ悪いってわけ？　それとも似合わないとか思ってるわけ？」

「ご、ごめん。そういうわけじゃなくって……」

「実はひよりもみーちゃんも大切にしてるもので、それだけは一ヶ月に一回、ちゃんと手洗いをしているんです。偶然ですけど同じクマのぬいぐるみを……」

「ッ⁉」

ほわっと笑顔を浮かべたひよりの発言で、俺の脳は大きく揺らされる。あのクマのぬいぐるみが二つある。そんな摩訶《まか》不思議な状況……。

もし、あの子がこの寮にいるのなら。知らず知らずのうちに再開しているとしたら……。

想像しただけで胸が高鳴るのだった。それはもう馴染《なじ》めそうにない。

あとがき

どうも夏乃実《なつのみ》です。

このたびは『女子寮《じょしりょう》の管理人《かんりにん》をすることになった俺、住《す》んでる女子《じょし》のレベルがとにかく高《たか》すぎる件。こんなの馴染《なじ》めるわけがない。』をお買い上げいただき本当にありがとうございます。

ここまでお付き合いいただき感謝でいっぱいです。

本作はタイトル通り女子寮の管理人を題材にしたラブコメとなっております。いかがでしたでしょうか。

どこで誰を登場させようか、出番が少なすぎていないかなどかなり悩みました本作ですが、楽しんでいただけたのならとても嬉《うれ》しいです。

と、話は急に変わりますがもう11月になりますね！

最近は少しずつ気温も下がっていることもあって季節の変わり目と、あと2ヶ月で今年も終わる、そんな驚きを感じながら過ごしております。

今年も残り少し、このご時世でもありますので体調には気をつけて頑張っていきましょう。わたしも頑張ってまいります。

最後に編集の小林《こばやし》様、松下《まつした》様、たくさんの打ち合わせやご相談をありがとうございました。

イラストレーターの鏡乃《かがみの》もちこ様、本作に華を添えていただきありがとうございました。

また、本作をお届けする際に関わってくださった方々、本作を読んでくださった皆様もありがとうございました。

それではまた、二巻をお届けできることを祈りつつ。

夏乃実

富士見ファンタジア文庫

女子寮《じょしりょう》の管理人《かんりにん》をすることになった俺《おれ》、
住《す》んでる女子《じょし》のレベルがとにかく高《たか》すぎる件《けん》。
こんなの馴染《なじ》めるわけがない。

令和3年10月20日　初版発行

著者——夏乃実《なつのみ》

発行者——青柳昌行

発　行——株式会社KADOKAWA
〒102-8177
東京都千代田区富士見2-13-3
0570-002-301（ナビダイヤル）

印刷所——株式会社暁印刷

製本所——本間製本株式会社

※定価はカバーに表示してあります。
●お問い合わせ
https://www.kadokawa.co.jp/（「お問い合わせ」へお進みください）
※内容によっては、お答えできない場合があります。
※サポートは日本国内のみとさせていただきます。
※Japanese text only

ISBN978-4-04-074288-5 C0193 ◇◇◇

切り拓け！キミだけの王道
ファンタジア大賞
原稿募集中！
賞金
《大賞》300万円
《金賞》50万円
《銀賞》30万円
選考委員
細音啓「キミと僕の最後の戦場、あるいは世界が始まる聖戦」
橘公司「デート・ア・ライブ」
羊太郎「ロクでなし魔術講師と禁忌教典《アカシックレコード》」
ファンタジア文庫編集長
前期締切 8月末日
後期締切 2月末日
公式サイトはこちら！ https://www.fantasiataisho.com/
イラスト／つなこ、猫鍋蒼、三嶋くろね